L'HÉRITAGE DES LANGSTON

Titre original : *Ryan's Hand*

Traduit de l'anglais (États-Unis) par Élisabeth Luc.

Ce roman a été publié en 2017 en grand format sous le titre *Le Testament de Ryan* aux éditions Diva Romance.

10, place des Cinq-Martyrs-du-Lycée-Buffon
75015 Paris – France
www.editionscharleston.fr

ISBN : 978-2-36812-459-8

Maquette : Patrick Leleux PAO

Pour suivre notre actualité, rejoignez-nous sur Facebook (Editions.Charleston), sur Twitter (@LillyCharleston) et sur Instagram (@ Lilly Charleston).

Leila Meacham

L'HÉRITAGE DES LANGSTON

Roman

Traduit de l'anglais (États-Unis)
par Élisabeth Luc

CHARLESTON
POCHE

Pour Arthur Richard, troisième du nom,
en qui j'ai deux rois.

Lettre à mes amis, mes fans, aux lecteurs fidèles comme à mes nouveaux lecteurs

Chers amis,

Je tenais à vous raconter l'histoire de ce roman, qui fut ma toute première tentative dans le domaine de l'écriture, il y a un certain nombre d'années. J'aimerais vous parler – ou plutôt vous prévenir — de ce que vous trouverez dans cet ouvrage : une histoire d'amour pure et dure, bien différente de mes sagas historiques que sont *Les Roses de Somerset, La Plantation, Les Virevoltants* ou *Le Ranch des trois collines.* Le fait que *Ryan's Hand* et les deux autres romans sentimentaux parus ensuite, dans les années 1980, soient republiés et connaissent une seconde vie me laisse à la fois enthousiaste et quelque peu perplexe. Je me réjouis de l'intérêt que portent mes lecteurs à ces romans, et qui a donné lieu à leur renaissance, mais je redoute qu'ils ne soient pas à la hauteur de leurs attentes. C'est pourquoi je voudrais m'en excuser par avance et vous apporter quelques explications qui me semblent indispensables.

En 1982, j'ai découvert le succès que remportait la littérature sentimentale dans mon pays et ailleurs. À l'époque, j'étais professeur de lettres dans un lycée et je voyais mes élèves de seconde se précipiter sur des livres de poche à chaque pause. Curieuse et ravie de les voir lire autre chose que les petits mots qu'elles se passaient discrètement, j'ai voulu savoir ce qui les captivait à ce point. En général, les élèves incriminées me tendaient leur ouvrage en bredouillant :

— Madame, je ne sais pas si c'est le genre de livres que vous lisez.

Ce à quoi je ne manquais pas de répondre :

— Du moment que vous lisez, peu m'importe le sujet.

Si ce n'était pas tout à fait vrai, ces romans sentimentaux me paraissaient plutôt inoffensifs. J'ai donc décidé d'en lire quelques-uns. Je comprenais l'attrait de ces bluettes aux yeux des adolescentes ou des femmes qui les dévoraient, mais je trouvais le contraste entre les personnages féminins et masculins peu plausible. Je me rappelle très bien avoir déclaré à une collègue :

— Ces deux héros pourraient régler leurs différends autour d'un café.

Avec le plus grand sérieux, elle m'a répondu :

— Tu n'as qu'à en écrire un toi-même, histoire de leur montrer comment s'y prendre.

— Oh, non ! Je n'ai pas la moindre idée de la façon d'écrire un bouquin, sentimental ou autre.

— Je parie que tu en es capable, insista-t-elle. Je suis même disposée à parier de l'argent là-dessus. Si tu échoues, je t'invite au restaurant et si tu réussis, c'est toi qui paies l'addition !

À ma grande stupeur – car j'ignorais tout de l'écriture – j'ai perdu mon pari. Profitant des vacances de cet été-là, je me suis installée, sans me faire d'illusions, devant ma vieille machine à écrire (eh oui, nous en étions aux prémices du PC). Je voulais renouveler un peu le genre, ne serait-ce que pour me mettre à la place de ses auteurs. Ainsi naquit *Ryan's Hand.* Je tenais à ce que l'hostilité entre l'héroïne et le héros (secrètement amoureux l'un de l'autre, comme le veut la tradition de la romance) soit justifiée. L'histoire est partie de là. En novice, j'ai brisé une règle essentielle : j'ai parlé de choses que je ne connaissais pas. Je ne connaissais personne qui ressemble à Jeth et Cara, je n'avais jamais mis les pieds à Boston, pas plus que je ne montais à cheval, maniais le lasso, ni travaillais dans un ranch. En revanche, je connaissais le Texas de l'Ouest, avec ses tempêtes de sable, sa chaleur accablante, ses puits de pétrole et ses gens formidables. Dans ce cadre unique, je pouvais laisser libre cours à mon imagination, me disais-je, du moment que je ne m'écartais pas trop des caractéristiques du genre telles que je les percevais.

Une fois le roman terminé, la même collègue m'a suggéré de l'envoyer à un agent littéraire local et, six semaines plus tard, *Ryan's Hand* avait trouvé un éditeur. J'ai signé un contrat pour deux romans supplémentaires : *Crowing Design* et *Aly's House,* qui parurent dans les deux ans. Mais je me suis lassée de l'écriture et de l'édition. Je n'appréciais guère l'isolement. La solitude de l'écrivain et les dates de remise me stressaient. Je suis retournée enseigner au lycée et, comme de nombreux premiers romans, les miens ont fini par prendre la poussière sur les étagères. Reste à savoir si les vrais auteurs de littérature sentimentale ont appris quoi que ce soit grâce moi…

Ça, c'était avant. Plus de trente ans plus tard, forte de mon expérience d'auteur, j'ai décidé de les laisser ressortir tels qu'ils étaient à l'époque, avec leurs défauts. Je vous demande simplement de les lire avec bienveillance car, à l'époque, je n'avais aucune idée de ce que je faisais. Je compte sur votre compréhension et votre indulgence…

Leila Meacham

Chapitre 1

Dans le hall des arrivées de l'aéroport international de Boston, Cara Martin attendait que le Boeing 727 libère ses passagers. En cette froide journée de février, le soleil dardait ses rayons à travers l'immense baie vitrée donnant sur les pistes. Les yeux rivés sur la porte automatique, la jeune femme releva le col de son vieux manteau en laine. Ryan, qui voyageait toujours en première classe, serait parmi les premiers à débarquer.

Les bulletins météorologiques avaient annoncé un temps doux, au Texas. Peut-être avait-il pu profiter de quelques journées ensoleillées dans le ranch isolé de son frère, au cœur des plaines. Pourvu qu'il ait pu se reposer. Dix jours plus tôt, en quittant Boston, il avait semblé tellement épuisé… il travaillait trop, c'était évident. Sans doute ne se détendait-il que lors des dimanches tranquilles qu'ils passaient tous les deux.

Dès que la porte s'ouvrit, le visage de Cara s'illumina et ses yeux se mirent à pétiller. De peur que Ryan ne la repère pas dans la foule, elle gagna l'avant de la zone délimitée par un cordon. Avec sa silhouette fluette, son jean délavé et son manteau marron démodé qui ne la mettaient guère en valeur, elle pouvait facilement passer inaperçue.

Soudain, un jeune homme élancé aux cheveux châtains franchit la barrière d'un pas assuré.

— Ryan ! lança-t-elle en agitant la main.

Son plaisir de le voir la rendait plus belle encore et éclairait ses prunelles d'un bleu indigo. Ryan lui répondit d'un sourire charmeur et brandit sa mallette en guise de salut. Il portait sur l'épaule une housse de costume. Cara s'écarta de la foule afin qu'ils puissent se retrouver en toute intimité.

Malgré son léger hâle, une certaine lassitude demeurait dans son regard. Lorsqu'il arriva à sa hauteur, la jeune femme ne put s'empêcher d'être impressionnée. Comment cet homme si séduisant, sociable et riche pouvait-il être son ami le plus proche ?

— Tu as fait bon voyage ?

Ryan posa sur elle un regard plein d'affection.

— Plus qu'un dernier avant mon grand départ. Je t'ai manqué ?

— Naturellement ! Comment as-tu trouvé ton frère ?

— Génial, comme d'habitude. Il avait l'air en forme.

Cara reprit son sérieux.

— Il… il en a pensé autant de toi ?

— Il m'a trouvé mauvaise mine. L'air marin ne me réussit pas, selon lui. Je lui ai assuré que j'étais simplement surmené. Tu es venue avec ma voiture ?

— Hélas, oui. Cet engin de malheur n'a pas l'air de m'aimer. Il doit m'en vouloir de rouler en Volkswagen.

Ryan rit de bon cœur et lui confia sa mallette. Main dans la main, ils s'éloignèrent, trop absorbés par leur conversation pour se rendre compte de l'étrange contraste qu'ils incarnaient.

— J'ai dû me garer plus loin. Attends-moi ici, si tu veux, le temps que j'aille chercher la voiture.

— Ne dis pas de bêtises ! J'ai besoin de me dégourdir les jambes. Raconte-moi plutôt ce que tu nous as concocté pour ce dimanche.

Depuis leur rencontre, un an plus tôt, Cara s'était habituée à ses longues enjambées qu'elle avait parfois du mal à suivre.

— Je me suis dit qu'on pourrait aller à Devereux Beach ramasser du bois. Avant-hier soir, on a eu un vent de nord-est qui a probablement transformé les pièges à homards en bois flotté. Si personne ne nous a précédés, on pourrait faire des réserves.

— C'est ton côté charognard, railla Ryan d'un ton espiègle.

— Mets ça sur le compte de l'atavisme, avec mes ancêtres marins... répondit-elle, imperturbable. Vous ne pouvez pas comprendre, vous, les gens de la terre. Je parie que, au Texas, vous ne faites brûler que du chêne dans vos cheminées.

Les habitants du Massachusetts avaient coutume de récupérer les vieilles nasses sur les plages après une tempête, car le sel incrusté dans le chêne donnait de belles flammes colorées.

— Ne crois pas ça, ma chère !

— Je ne m'imagine pas vivre au Texas ! admit-elle en riant.

Ryan ne réagit pas. La jeune femme l'informa des dernières nouvelles de Boston – notamment des ragots sur certaines personnalités en vue qu'il fréquentait – sans oublier celles de l'annexe de la bibliothèque municipale où elle travaillait. Elle voulait surtout éviter à Ryan d'entretenir la conversation. Vu ses traits tirés, il avait certainement attrapé un virus. Lorsqu'ils atteignirent la voiture de Ryan, une élégante Ferrari rouge, elle se rendit compte qu'il n'avait pas écouté un mot de ce qu'elle racontait.

— Ryan ? dit-elle en posant une main sur son bras. Tu n'as pas l'air dans ton assiette. Et si tu faisais l'impasse sur la plage, aujourd'hui ? Je te préparerais une soupe avant de rentrer chez moi pour que tu puisses te reposer.

En baissant les yeux vers elle, Ryan fut à nouveau captivé par sa beauté. Si seulement il pouvait la prendre dans ses bras, la serrer contre lui jusqu'à ce que la douleur qui le rongeait disparaisse à jamais. Voilà ce dont il avait besoin.

— Certainement pas ! répondit-il d'un ton enjoué en lui prenant la clé. J'aurai tout le temps de me reposer plus tard. Je vais me changer chez moi, puis on ira à la plage.

Ils s'arrêtèrent devant une élégante maison de ville donnant sur Marblehead Harbor. Pendant qu'il enfilait une tenue plus décontractée, Cara sortit sur le balcon pour contempler la vue sur l'Atlantique que ses ancêtres avaient sillonné. L'océan était calme, ce jour-là. Les mouettes criaient et tournoyaient dans un ciel limpide. Les vagues ourlées d'écume venaient se fracasser sur des rochers qui avaient l'aspect du marbre. C'était l'une de ces belles journées d'hiver comme il y en avait parfois à Boston. Quel dommage que son inquiétude vienne ternir le plaisir de ce spectacle.

Lorsqu'elle regagna le salon, son regard se posa sur un portrait encadré de Ryan et Jeth, son unique frère, qu'elle n'avait jamais rencontré. Les deux jeunes hommes, en pantalon de velours côtelé et chemise à carreaux, prenaient la pose contre la barrière d'un enclos. Jeth tenait Ryan par l'épaule. En apparence, ils n'avaient rien en commun : Ryan était un citadin élancé et élégant aux yeux bleus, tandis que Jeth était un colosse brun aux yeux foncés. Si Ryan était le plus séduisant, l'aîné avait une présence incontestable. L'esquisse d'un sourire adoucissait ses traits acérés. Ce que Cara se gardait d'avouer à Ryan, c'était qu'à première vue, son frère ne lui plaisait guère. Il incarnait l'éleveur à l'ancienne, vivant sur ses terres isolées de l'ouest du Texas où il régnait en maître. Il devait être de ces hommes au cœur dur qui ne témoignaient que du dédain envers la famille de la jeune femme et leurs semblables.

Sentant le regard de Ryan posé sur elle, depuis le seuil, elle remit le cadre en place sur la cheminée. Puis elle se tourna vers lui et le toisa :

— Tu as un peu meilleure mine, mais tu es certain de vouloir venir à la plage ? Même par beau temps, il y a du vent.

Pieds nus, Ryan s'avança dans la pièce, une paire de chaussettes fines et des bottes fourrées à la main. Sous son gros pull et de son pantalon molletonné, Cara remarqua aussitôt qu'il avait perdu du poids.

— Vous avez pris le temps de manger, au moins, avec ton frère ? Ou bien vous êtes-vous contentés de boire ?

Ryan rit et s'assit dans un fauteuil en cuir pour se chausser.

— Tu as vraiment de ces idées sur les célibataires ! Pourquoi cette question ?

— Tu as maigri, Ryan.

Submergée par un élan d'affection, elle s'agenouilla devant lui et prit ses mains dans les siennes.

— Dis-moi ce qui ne va pas… Ton frère est en bonne santé ? Tout se passe bien, au ranch ? Vous ne vous êtes pas disputés, j'espère !

— Doucement ! s'exclama-t-il, fasciné par son regard pétillant. Ta sollicitude est adorable, mais je t'assure que tes inquiétudes sont infondées…

— Je ne suis pas de cet avis !

Elle posa les mains sur ses épaules, qu'elle trouva décharnées.

— Tu n'as pas l'air d'aller bien, Ryan. Tu ne manges rien et tu es épuisé. Au cours de cette année, tu as toujours été là pour m'écouter et compatir. À mon tour ! Confie-moi ce qui te tourmente.

Ryan s'adossa dans son fauteuil avec un soupir de lassitude.

— Bon, d'accord… souffla-t-il. Je te raconterai si tu acceptes de faire une chose pour moi.

— Laquelle ?

— Enlève-moi cette horreur ! On dirait une robe de bure !

Cara baissa les yeux vers son vieux manteau marron et sourit :

— Dois-je en conclure que tu n'apprécies pas ma tenue fétiche ? Je te signale que c'est le seul manteau qui me reste de mes jours fastes.

— Cela ne le rend pas plus beau.

— Très bien !

Elle ôta son manteau et le laissa tomber aux pieds de Ryan, révélant un pull gris qui lui tombait sur les épaules et moulait sa poitrine généreuse.

— Je t'écoute, dit-elle, sans voir la lueur de désir qui venait de naître dans les yeux bleus de Ryan.

Il appuya la tête sur le dossier du fauteuil et observa un instant le plafond avant de s'exprimer :

— Je suis malade. Depuis presque un mois, je me bats contre un virus qui me ronge l'estomac, d'où ma perte de poids et mes traits tirés. Rien de grave. En revanche, je suis affaibli.

— Tu as consulté un médecin ?

— Oui, répondit-il d'un ton sec suggérant que le débat était clos. Je m'inquiète pour mon ours de frère. Il semble tellement seul dans cette maison vide et silencieuse. On se croirait dans un mausolée. Ma mère n'a pas vécu assez longtemps pour s'occuper de la décoration. Le gros-œuvre était à peine terminé quand l'accident d'avion a emporté mes parents. Si seulement Jeth pouvait épouser une fille formidable qui lui donnerait des enfants et apporterait un peu de vie et de joie au ranch.

— Pourquoi ne se marie-t-il pas ? Il doit avoir du succès avec les filles.

— Bien sûr. Hélas, cet imbécile est persuadé que la femme de ses rêves n'existe pas.

— La perfection ne court pas les rues, admit Cara.

Ryan posa alors sur elle un regard étrange qui la fit rougir.

— Excuse-moi, bredouilla-t-elle. Je n'ai aucun droit de juger ton frère. Continue…

Elle prit sa main dans la sienne.

— Ce qu'il lui faut, c'est une femme spéciale et non parfaite, expliqua Ryan. Il faut qu'elle aime la terre autant que lui, qu'elle accepte ses exigences, ses défauts, qu'elle supporte la chaleur, les tempêtes de sable, l'isolement et qu'elle respecte les gens quelles que soient leurs origines ou leurs activités. Et surtout, il faut qu'elle aime Jeth sincèrement et pas seulement pour sa fortune, son pouvoir ou son empire. Qu'elle comprenne l'homme qui se cache derrière une carapace de plus en plus épaisse.

— Ce n'est pas gagné, commenta Cara. Et toi, tu n'as jamais pensé à te marier ? Enfin, je détesterais perdre mon meilleur ami… Vous êtes tous les deux propriétaires du ranch, il me semble.

Ryan secoua la tête.

— Sur le papier, oui, mais les terres, la maison, le pétrole, le bétail, tout appartient en réalité à Jeth. Il a une philosophie : tout ce qui est sauvage et domestiqué par l'homme doit être aimé ou remis en liberté. Je me rappelle le jour où il m'en a fait la démonstration. C'était l'été de mes dix-huit ans. J'avais tellement potassé mes examens d'entrée à Harvard que j'étais totalement déconnecté du ranch.

Un jour, Jeth m'a demandé de l'accompagner aux écuries. Texas Star, mon cheval, s'agitait dans son enclos. J'ai vite compris où il voulait en venir : il avait découvert qu'un employé s'en était occupé à ma place. À La Tierra, chaque homme entretient lui-même son cheval. Mon frère m'a demandé depuis combien de temps je n'avais pas monté Texas Star. J'ai dû lui avouer que je ne m'en souvenais pas. Ma monture était en train de redevenir l'étalon sauvage qu'il était quand je l'avais capturé…

— Que s'est-il passé ? demanda Cara.

— Jeth a ouvert la barrière de l'enclos et est allé taper le flanc de Texas Star qui s'est enfui vers la montagne, là où il est né.

— Ce n'est pas très gentil, ça ! s'exclama la jeune femme.

— Il m'a rendu service, au contraire. Tu ne comprends donc pas ? Texas Star n'aurait pas pu appartenir à quelqu'un d'autre et il ne m'appartenait plus, alors il fallait le libérer. Je le revois encore. C'était un alezan de trois ans avec une tache blanche en forme d'étoile à la base de la crinière. Juste avant de s'éloigner, il s'est arrêté pour regarder en arrière. J'ai voulu courir vers lui, mais Jeth m'en a empêché. Il m'a dit quelque chose que je n'ai jamais oublié.

— Quoi ? s'enquit Cara, captivée.

— Il ne faut pas apprivoiser ce que l'on n'est pas disposé à aimer.

Visiblement fatigué, Ryan ferma les yeux. Seuls les cris des mouettes et le tic-tac de l'horloge rompaient le silence. Le soleil qui entrait par la porte-fenêtre ne pouvait atténuer le froid qu'il faisait dans la pièce.

— J'ai compris la leçon, reprit Ryan. Notre ranch a pour nom La Tierra Conquistada, la terre conquise. Il aura fallu quatre générations et beaucoup d'abnégation et de travail. Jeth m'a fait comprendre que je ne pouvais me disperser dans mes loyautés.

— Donc tu es parti faire des études de droit…

— En automne, je suis parti pour Harvard et je n'ai plus jamais vécu au ranch. Nous savons tous les deux que je ne suis pas taillé pour être éleveur. J'ai hérité de ma mère, une esthète, une mélomane. Jeth, lui, tient de notre père. Il a toujours affirmé que le ranch m'appartenait autant qu'à lui, même si l'on ne pouvait le gérer à distance. C'est donc lui qui prend toutes les décisions. En revanche, nous partageons les bénéfices. C'est grâce à lui que je suis un homme riche.

— Tu aurais pu devenir riche sans l'aide de ton frère, commenta la jeune femme. Tu es un avocat brillant !

Ryan rouvrit les yeux et l'observa d'un air amusé.

— Dis-moi, Cara… Qu'est-ce qui te contrarie, chez lui ?

Elle rougit et retira sa main.

— Excuse-moi, mais, d'après tes descriptions, ton frère me semble si… autoritaire. J'ai toujours eu un problème avec ce genre d'arrogance.

— L'arrogance va souvent de pair avec la puissance, tu sais. Il n'a jamais pu être autre chose que ce qu'il est : un homme puissant. Quand nos parents sont morts, j'avais onze ans et lui dix-huit. À l'époque, il avait d'autres ambitions. Il voulait être champion olympique de natation. Son rêve s'est écroulé quand il a dû reprendre les rênes de

La Tierra sans personne pour l'aider. Les gens en qui il avait confiance, avocats, banquiers ou les autres éleveurs, étaient sans scrupule et se sont livrés aux pires magouilles pour tenter de mettre la main sur le domaine. C'était sous-estimer le courage et l'intelligence de mon frère, qui a déjoué les complots et n'en est pas resté là. Tous ceux qui ont voulu le flouer ont amèrement regretté d'avoir croisé le chemin de Jeth Langston.

Ryan s'interrompit et sourit à Cara.

— Je te dresse le portrait d'un homme dur et méprisant, je m'en rends compte.

— Tu t'inquiètes pour rien, répondit-elle. Il a l'air très indépendant. Il se mariera quand bon lui semblera. De plus, à trente-quatre ans, il est encore jeune. Les femmes doivent tomber comme des mouches. Il émane de lui une certaine… virilité qui doit plaire à beaucoup.

— Mais pas à toi ? s'enquit Ryan.

Devant son embarras, il éclata de rire.

— Ne sois pas gênée. Vous vous étriperiez certainement, tous les deux. Du moins au début.

Il se redressa soudain.

— Allez, viens, reprit-il en faisant lever la jeune femme. Allons à la plage avant que la nuit tombe.

Devereux Beach, une langue de terre sur l'océan, reliant Marblehead Harbor au continent, était le lieu de promenade dominicale favori des deux amis. Dès le premier dimanche suivant leur rencontre, un an plus tôt, Cara y avait emmené le séduisant Texan chercher des trésors. C'était une journée venteuse de février. Seuls les oiseaux marins déambulaient sur le sable humide en poussant des cris plaintifs.

Elle avait expliqué à Ryan que, en brûlant, le chêne gorgé de sel prenait des couleurs spectaculaires.

— Je te montrerai ça ce soir, avait-elle promis.

Les bras chargés de bois flotté, ils avaient regagné le modeste studio de la jeune femme, au dernier étage d'une bâtisse sur trois niveaux. Le balcon donnait sur l'océan. Autrefois, c'était de cette galerie que les épouses de marins guettaient le retour de leur mari. Tandis qu'un ragoût mijotait dans une cocotte, elle avait débouché une bouteille de vin. Assis sur le tapis, devant la cheminée en pierre, Ryan avait contemplé, fasciné, les flammes chatoyantes qui dansaient dans l'âtre.

— Tu m'as convaincu, avait-il déclaré en acceptant un verre de vin.

— Tu n'as qu'à rapporter la moitié de notre butin chez toi, répondit Cara en s'installant à côté de lui. Les flammes ressortiront d'autant mieux dans ta cheminée en marbre blanc.

— Alors promets-moi de venir à la maison dimanche prochain pour partager ce spectacle avec moi. Je ne m'engage pas à te mitonner un petit plat, mais je connais un excellent traiteur.

Elle avait été étonnée qu'il l'invite chez lui si vite. Il avait beaucoup de succès auprès des jeunes femmes de la haute société de Boston et sa réputation de séducteur n'était pas un secret. Cara ne faisait pas partie du milieu dans lequel il évoluait et ne ressemblait en rien aux beautés raffinées qu'il fréquentait.

Ils s'étaient rencontrés un jour où Ryan était venu à la bibliothèque se documenter sur une question juridique. Cara avait aussitôt reconnu le jeune avocat en vue dont le nom figurait dans les rubriques mondaines en compagnie de certains anciens camarades de classe de la jeune femme. Elle ne pouvait s'empêcher de parcourir ces pages qui, il n'y avait pas si longtemps, citaient certains membres de sa propre famille.

Ryan Langston cherchait un ouvrage précis. Cara avait été impressionnée par sa prestance, son léger accent traînant du Texas, son allure sportive et juvénile. À 17 heures, après son travail, en découvrant une Ferrari rouge garée côté de sa vieille Volkswagen d'occasion, elle s'était dit que Ryan Langston était toujours plongé dans ses recherches.

Elle n'avait remarqué son pneu crevé qu'en essayant de quitter sa place de parking. Agacée, elle s'était arrêtée pour évaluer les dégâts. À peine avait-elle coupé le moteur que Ryan était apparu.

— Vous avez un problème, on dirait, avait-il déclaré. Vous avez un cric ?

Non seulement la jeune femme n'avait pas de cric, mais elle n'avait pas de roue de secours. Ce jour-là, les événements ne cessaient de lui rappeler les épreuves qui avaient jalonné ses vingt-quatre années d'existence. Elle n'avait qu'une envie, rentrer chez elle, allumer du feu dans la cheminée, dîner sur le pouce et, peut-être, jouer du piano jusqu'à ce qu'elle soit trop fatiguée pour ressasser ses souvenirs.

Au volant de sa vieille voiture, face à un homme issu d'un monde qui lui avait tourné le dos, Cara avait été prise d'une irrépressible envie de pleurer. Au prix d'un gros effort, elle avait néanmoins maîtrisé ses émotions. Hélas, Ryan s'était penché pour la regarder derrière la vitre relevée.

— Tout va bien ? lui avait-il demandé avec une sollicitude sincère.

Elle avait affiché un sourire forcé en priant pour ne pas craquer devant un inconnu, surtout celui-là.

— Ça va, avait-elle menti, avant d'ouvrir la portière.

La nuit tombait et, dans l'air froid et humide, elle avait resserré les pans de son manteau sur son corps.

— C'est gentil de vous inquiéter, mais je vais retourner à l'intérieur et appeler le garage.

Jamais elle n'aurait avoué qu'elle n'avait pas de roue de secours et encore moins de quoi en acheter une. Dès qu'elle se serait débarrassée de cet importun, elle réfléchirait à une solution.

— Ce ne sera pas nécessaire, avait-il insisté, très élégant dans son pardessus de couturier. Je peux vous changer cette roue en deux minutes. Si vous voulez bien ouvrir le coffre…

— Non ! S'il vous plaît… avait-elle bredouillé, au bord de la panique.

— Écoutez, avait insisté Ryan en faisant fi de tes protestations. Je ne vais pas vous laisser toute seule sur ce parking alors que je peux changer votre roue en un clin d'œil !

Elle n'avait pu que céder avec le plus de dignité possible, empourprée de honte.

— C'est que… voyez-vous… je n'ai pas vraiment de roue de secours…

— Je vois…

À en juger par la lueur qu'elle avait décelée dans ses yeux bleus, lorsqu'il avait vu son vieux manteau, le jeune avocat devinait pourquoi elle n'en avait pas.

— Dans ce cas, laissez-moi au moins vous reconduire chez vous.

— Oh, non !

— Je m'appelle Ryan Langston, avait-il déclaré posément. Je suis avocat, ici, à Boston, et je vous garantis que vous êtes plus en sécurité en ma compagnie qu'à attendre un bus ou un taxi au coin de la rue.

Sur le portefeuille en cuir qu'il avait extrait de sa poche de poitrine, il y avait une sorte de blason doré très discret. Il en avait sorti une carte de visite.

— Vous voyez, je suis vraiment avocat. Permettez-moi de vous raccompagner.

Cara avait examiné la carte alors qu'elle savait pertinemment à qui elle avait affaire

— D'accord. Vous êtes très aimable. Je prends mon sac.

Le lendemain, elle s'était rendue à la bibliothèque dans la voiture d'une collègue. En arrivant sur le parking, elle avait découvert avec stupeur que le pneu de sa voiture avait été remplacé. Son coffre contenait l'ancien réparé ainsi qu'un cric flambant neuf.

Cara avait téléphoné à Ryan à son cabinet :

— Monsieur Langston, c'est très gentil de vous être occupé de ma voiture. Je vous envoie un chèque dès demain matin.

Tout en affichant une assurance calculée, elle réfléchissait aux pièces d'argenterie qu'elle allait devoir vendre afin de le rembourser. Ryan avait hésité un instant avant de demander :

— Mademoiselle Martin, vous êtes native de Boston, n'est-ce pas ?

— En effet.

— Seriez-vous disposée à me consacrer un peu de temps pour me servir de guide en échange de ces pneus que vous pensez me devoir ?

— Pardon ?

— J'aimerais visiter Boston en compagnie d'une authentique Bostonienne.

Se moquait-il d'elle ? Une authentique Bostonienne !

— J'habite ici depuis quelques années, avait-il poursuivi, mais je n'ai pas encore eu l'occasion de découvrir la ville. D'après notre conversation d'hier soir, j'ai l'impression que vous connaissez Boston comme votre poche, y compris tout ce qu'on ne trouve pas dans les guides de voyage.

Cara avait hésité. Il voulait la revoir… Cette histoire de visite de la ville, c'était du baratin de séducteur, quoique énoncé d'un ton subtilement désinvolte. Soudain, elle avait eu envie de le revoir, elle aussi. Cela faisait si longtemps qu'elle n'avait pas fréquenté une personne de ce milieu.

— Vous y perdez au change, avait-elle déclaré. Néanmoins, je me ferai un plaisir de vous montrer Boston, car je déteste être redevable. Quand voulez-vous commencer ?

— Ce soir, avait-il répondu, à sa grande surprise. Si vous n'y voyez pas d'inconvénient, bien sûr. Je passe vous prendre chez vous à 18 heures.

Ryan lui avait accordé la possibilité de décliner son offre, puis il lui avait souhaité une bonne journée avant de raccrocher. Le soir venu, sa voiture de sport s'était arrêtée devant la porte de la jeune femme. Toujours en costume, Ryan avait toisé Cara, qui portait un pantalon en toile et un pull, avant de décréter qu'il avait besoin de se changer.

— Dites-moi où nous allons afin que je choisisse une tenue adaptée.

Elle avait organisé une soirée en compagnie d'un vieux marin, ami de son regretté grand-père, à déguster de la soupe aux palourdes en jouant aux cartes.

— Il est veuf, avait-elle expliqué dans le salon de Ryan. Vous allez l'adorer. Il se rappelle encore l'époque où les habitants de Boston vivaient des ressources de l'océan.

Pendant que Ryan se préparait, Cara avait admiré la pièce somptueuse en résistant à la tentation d'essayer le piano à queue installé dans un coin. À la fin de la soirée, en la raccompagnant chez elle, Ryan lui avait serré la main. Ils avaient décidé de se revoir le dimanche suivant.

Après ce deuxième rendez-vous, ils avaient pris l'habitude de se retrouver chaque semaine. Une étrange amitié était née entre eux. Ryan la surnommait parfois la puritaine, à cause de ses ancêtres de Nouvelle-Angleterre, disait-il. Cara le soupçonnait d'avoir deviné son inexpérience sur le plan sentimental. Rien de plus naturel pour un séducteur. Aussi était-elle soulagée qu'il la considère comme une simple amie. Elle refusait de s'engager dans une relation tant que les dettes de sa famille ne seraient pas remboursées. Elle savait qu'il y avait d'autres femmes dans sa vie, des créatures superbes qui fréquentaient des établissements huppés où il ne proposait jamais de l'emmener. Cara avait d'abord redouté qu'il ait honte de ses vêtements démodés et usés, puis elle avait compris que Ryan n'était pas homme à avoir honte d'une amie. Leurs dimanches étaient consacrés aux pique-niques, aux promenades sur la plage ou à la campagne, dans des coins perdus et pittoresques. Toujours plein de sollicitude, Ryan savait qu'elle ne voulait pas être vue par les gens qu'elle côtoyait naguère afin de ne pas alimenter les ragots et être l'objet des railleries de la bonne société.

Cara était ravie de pouvoir se confier à un homme sensible sur les événements qui l'avaient contrainte à cette vie solitaire et frugale. Une fois qu'il eut gagné sa confiance, elle put s'enorgueillir d'être une descendante directe de l'un des premiers magnats de la construction navale de Boston. Il avait érigé le manoir où elle avait passé une jeunesse insouciante de fille unique. Si au fil des générations, la fortune familiale s'était amenuisée, les Martin avaient pu maintenir un niveau de vie digne de leur statut social. Le père de Cara s'adonnait à l'écriture sans avoir à travailler pour gagner sa vie. Ses ouvrages sur la région de Boston lui avaient apporté une certaine renommée mais pas d'argent, ou très peu. La jeune fille avait intégré la prestigieuse Juilliard School of Music, à New York, dans l'espoir de devenir pianiste. Au cours sa deuxième année d'études, sa mère avait succombé à un arrêt cardiaque, dans le jardin, en se penchant sur les premiers crocus de la saison.

Cette année-là, Cara était fréquemment revenue voir son père, qui sombrait peu à peu dans la démence. En se plongeant les finances familiales, la jeune fille y avait fait une découverte alarmante : la famille n'avait plus un sou, et depuis longtemps. Pour assouvir ses envies d'écriture et financer les études de sa fille à Juilliard, son père avait hypothéqué le manoir. Il n'avait pas réglé ses cotisations d'assurances, ni les frais d'obsèques de son épouse.

— Que faire ? avait-elle demandé à l'avocat de la famille.

— Tu n'as pas le choix : c'est la faillite.

Un jour, elle avait trouvé son père endormi sur une chaise longue, sous le porche balayé par la brise marine.

— Papa… avait-elle murmuré en le secouant.

Ses mains noueuses pendaient, inertes. Il était parti. Après l'avoir enterré à côté de sa mère, Cara avait pris du recul pour analyser la situation. Les portes de son milieu d'origine lui étaient désormais fermées, car elle refusait de vivre à crédit, et il lui restait une montagne de dettes qu'elle comptait rembourser jusqu'au dernier sou. Sa décision prise, elle avait abandonné ses études et contacté ses créanciers pour obtenir un délai de paiement, le temps de passer un diplôme de documentaliste dans une université moins prestigieuse et de trouver du travail.

Les créanciers avaient compris son désir de laver l'honneur de sa famille et de retrouver sa dignité. Cara avait vendu le manoir et mis ses meubles anciens aux enchères, y compris le piano Steinway auquel elle tenait tant. Elle n'avait conservé qu'un collier de perles ayant appartenu à sa mère et une chaîne en or offerte par ses parents lors de son entrée à Juilliard. Au moment de sa rencontre avec Ryan, elle avait fini ses études depuis trois ans et tirait le diable par la queue. Ses seuls luxes se résumaient à un piano et une paire de bottes fourrées pour ses promenades sur la plage. Elle n'avait plus aucun contact avec ses anciennes fréquentations, à qui elle n'inspirait désormais que pitié et condescendance.

Chapitre 2

— Regarde ! s'exclama Cara tandis qu'ils s'engageaient sur le parking proche de la plage. Il n'y a que nous !

— Dépêchons-nous. La nuit ne va pas tarder à tomber.

Ryan avait tellement mauvaise mine qu'elle culpabilisait de l'avoir entraîné à l'extérieur. Elle prit sa main gantée dans la sienne. Ryan baissa les yeux vers elle et lui sourit. Dans un grand sac en toile, ils déposèrent morceaux de chêne flotté et débris de verre polis et sculptés par les vagues.

— Tu dois en avoir des tonnes, commenta Ryan lorsqu'elle brandit un goulot de bouteille nacré. Qu'est-ce que tu vas faire de tout ça ?

— Je n'en sais rien, mais je trouverai bien, tu verras.

— Peut-être, répondit-il d'un ton étrange.

Il se détourna pour s'éloigner sur la plage où quelque chose avait retenu son attention. Le cœur serré, Cara le suivit du regard. Que voulait-il dire par là ? Il n'allait pas quitter Boston pour retourner au Texas ! Lors de cette semaine d'absence, il lui avait tant manqué. La perspective de passer ses dimanches sans Ryan lui était insupportable.

— Qu'est-ce que tu regardes ? s'enquit-il en revenant vers elle.

Lorsqu'elle posa les yeux sur lui, ses yeux pétillèrent d'un éclat violet à la lumière du soleil couchant. Même par ce temps, il refusait de se couvrir la tête et le vent faisait voleter ses cheveux châtains. Soudain, elle fut saisie d'une sourde inquiétude.

— Ryan, je…

— Quoi, ma belle ? demanda-t-il d'une voix douce.

— Ryan, je tiens beaucoup à toi, tu sais.

— Je sais, répondit-il en l'enlaçant. Et je tiens à toi, moi aussi.

Il la prit par le menton pour plonger son regard dans le sien avec une tendresse amusée.

— Tu as l'air triste… Il ne faut pas.

Quand il l'embrassa sur le front pour la rassurer, ses lèvres étaient froides. Plus tard, de retour chez lui, ils mangèrent devant la cheminée, et, assis par terre côte à côte, Ryan évoqua de nouveau son frère.

— Quand Jeth a obtenu son diplôme, mon père lui a offert une montre en or sur laquelle était gravé « pour mon fils bien-aimé, ma fierté ». C'était sa façon de lui dire qu'il approuvait son ambition de devenir champion de natation. Il y tient comme à la prunelle de ses yeux. La veille de mon départ pour Harvard, nous avons bu un dernier verre ensemble, dans le bureau. J'étais découragé. J'avais l'impression de trahir mes origines, de désavouer le sang des Langston. Je m'en voulais de laisser mon frère gérer seul le ranch alors qu'il avait besoin de moi. Il ne pouvait compter que sur Fiona et Léon, la gouvernante et le cuisinier, qui travaillaient à La Tierra depuis sa naissance. Ce soir-là, il m'a tendu un écrin en me disant que, si papa avait été là, il me l'aurait remise. En soulevant le couvercle, j'ai trouvé la même fameuse montre en or.

Émue par ce témoignage d'amour fraternel, Cara ne dit mot. À la lueur du feu de cheminée, elle le vit caresser le cadran de la montre, le visage détendu.

— Ce fut un beau moment, reprit-il. Jeth n'aurait pu me donner son accord de façon plus éloquente et généreuse. Je n'ai eu que d'autant plus de respect pour lui…

— Tu l'aimes énormément, n'est-ce pas ?

— Oui, admit Ryan en se levant. Je n'ai jamais vu d'homme plus impressionnant que lui. Je vais nous servir du vin.

Son absence se prolongea. Au bout d'un moment, Cara entendit des bruits suspects provenant de la salle de bains.

— Ryan ! s'exclama-t-elle en se levant d'un bond. Ryan !

Elle le trouva penché sur le lavabo, une serviette sur la bouche.

— Mon Dieu, qu'est-ce que tu as ?

— Rien de grave, assura-t-il. Toujours ce foutu virus.

— Laisse-moi appeler le médecin.

— Non, il ne pourra rien faire. Ça ira mieux dans une minute. Tu veux bien me donner un verre d'eau ?

Elle le regarda avaler deux cachets.

— Tu vas aller te coucher, décréta-t-elle. Et tout de suite.

Ryan ne discuta pas. Pendant qu'il se préparait, Cara alluma la couverture électrique et posa un verre d'eau sur la table de chevet.

— Je te signale que j'ai mis ce pyjama pour toi...

— Allez, viens te coucher, dit-elle, alarmée par sa pâleur.

— Loin de moi l'idée de protester, répondit-il avec un sourire forcé.

— Tu me trouves autoritaire ?

— Oui, mais j'aime ça, murmura-t-il en remontant les couvertures jusqu'à son menton.

— Tu as besoin de quelque chose avant que je parte ?

Ryan avait les paupières lourdes. Les cachets étaient sans doute des somnifères.

— Tu veux bien ouvrir les volets pour que je profite du clair de lune ? Merci pour cette belle journée !

— Merci à toi, plutôt, fit-elle en l'embrassant sur le front. Dors bien.

— Ce ne sera pas un problème, marmonna-t-il en fermant les yeux.

Face à ce visage livide, et sans savoir pourquoi, la jeune femme pensa soudain au frère de Ryan. Cette pensée ne la quitta pas quand elle sortit dans la nuit froide pour regagner sa voiture, garée à côté du bolide de son ami. On dirait *La belle et le clochard*, songea-t-elle, amusée.

Distraite par des bribes de conversation qui lui revenaient à l'esprit, Cara roula sans vraiment prêter attention à la circulation. Ryan parlait comme s'il avait fait ses adieux au Texas. Que pouvaient signifier ses propos sibyllins sur le fait qu'il aurait tout le temps de se reposer ?

Soudain, elle poussa un cri d'effroi et appuya brutalement sur la pédale de frein. Dans un crissement de pneus, elle amorça un demi-tour périlleux. Devant la maison de Ryan, la Ferrari semblait l'attendre. La jeune femme fouilla son sac en quête de la clé que son ami lui avait confiée et entra. À pas de loup, elle se dirigea vers la chambre à coucher. Un rai de lumière éclairait les yeux de Ryan, dessinant comme un masque sur son visage. Non seulement il était réveillé, mais il ne semblait pas surpris de la voir sur le seuil.

— Rebonsoir, dit-il doucement.

Cara crut deviner un sourire dans la pénombre.

— Pourquoi es-tu revenue ?

— Tu le sais très bien, Ryan.

— Pourquoi, ma belle ?

— Je sais que tu es malade. Ton mal est incurable, c'est ça ?

Elle aurait tout donné pour qu'il infirme son hypothèse. Malheureusement, son silence ne fit que confirmer ce qu'elle redoutait.

— Combien te reste-t-il de temps ? demanda-t-elle, sur le point de défaillir.

— Plus beaucoup. La fin est proche.

Incrédule, Cara s'approcha du lit.

— C'est impossible, murmura la jeune femme en lisant la terrible vérité dans le regard hanté de Ryan. Dis-moi que ce n'est pas vrai…

Elle s'agenouilla près de l'oreiller. Face à son silence, elle sentit des larmes lui monter aux yeux et couler le long de ses joues.

— Non, ne pleure pas… murmura-t-il en attirant sa tête blonde vers lui pour la poser sur son épaule.

Il attendit que ses sanglots se calment. Puis elle se redressa pour le regarder, sans cesser de hoqueter.

— Je… je ne te quitterai pas…

— Tant mieux… Il y a un pyjama dans le dressing et tu trouveras une brosse à dents neuve dans l'armoire à pharmacie. J'en ai toujours en réserve pour les… euh…

— Je sais, Ryan, coupa-t-elle en se relevant. Je reviens tout de suite.

Au bout de quelques minutes, Cara réapparut sur le seuil de la chambre.

— Je ne veux pas dormir dans la chambre d'amis, Ryan.

En dépit de son ton assuré, elle avait l'air d'une enfant dans son pyjama trop grand, les yeux gonflés, les joues rouges, et les cheveux cascadant sur ses épaules.

Ryan l'observa un long moment, puis il esquissa un sourire.

— Allez, approche, dit-il en rabattant les couvertures de l'autre côté du lit.

Elle alla aussitôt se coucher près de lui et se blottir dans ses bras comme pour le protéger, lui insuffler un peu de sa propre vie. Si Ryan sombra dans le sommeil, Cara ne ferma pas l'œil de la nuit. Elle écouta le bruit des vagues, au loin, et les précieux battements du cœur de Ryan.

À son réveil, il découvrit qu'elle s'était levée avant lui pour lui préparer du thé.

— J'ai appelé mes collègues pour leur dire que je ne viendrais pas travailler aujourd'hui, annonça-t-elle. Tu es d'accord ?

— C'est une question rhétorique ? fit-il en buvant une gorgée de thé. Merci de m'avoir aidé à passer la nuit.

— Je suis tout à toi, répondit-elle.

— Enfin, presque, railla-t-il en riant de la voir rougir. Notre relation est vraiment spéciale. Qui croirait que j'ai dormi dans les bras de la plus belle femme de Boston sans conclure ?

— En tant qu'ami, tu n'es pas objectif. Je n'ai rien d'une beauté…

— Tu as simplement oublié que tu l'étais. Je parie que tu ne t'es pas regardée dans la glace depuis des années.

— À quoi bon ? Je n'ai pas les moyens de m'offrir des vêtements, des bijoux et des cosmétiques. Dans mon boulot, je n'ai pas besoin d'être apprêtée. Un jour, j'aurai un poste qui m'obligera à soigner mon apparence.

— Il ne faut pas attendre, Cara. Tu veux bien faire quelque chose pour moi ?

En le dévisageant, elle constata qu'il était sérieux.

— Bien sûr. Tout ce que tu voudras.

— J'aimerais que tu t'achètes une nouvelle garde-robe, que tu changes de coiffure, que tu te maquilles, bref, que tu fasses ressortir ta beauté naturelle.

Elle s'efforça de masquer son étonnement.

— Ryan, tu sais très bien que je ne peux pas…

— Je croyais que tu étais prête à tout pour moi ! Tu peux bien mettre ta fierté de Yankee de côté pour respecter la dernière volonté d'un mourant. De toute façon, je savais que tu rechignerais, alors j'ai effectué un virement sur ton compte. Je t'en prie, ne refuse pas, Cara !

Il posa sur elle un regard implorant.

— Mais, Ryan…

— J'ai même pris l'initiative d'effectuer ton premier achat. Regarde sur l'étagère supérieure, dans le placard.

Un peu sur ses gardes, elle découvrit une élégante boîte en carton argentée portant la marque de prestige qui plaisait tant à sa mère.

— Qu'est-ce que tu as fait, Ryan ? demanda-t-elle, abasourdie.

— Ouvre-la.

Cara défit lentement le ruban et souleva le couvercle, puis elle écarta le papier de soie. Sidérée, elle découvrit un superbe manteau gris perle doublé de zibeline.

— Oh… je n'ai jamais rien vu de plus somptueux.

— Essaie-le. Voyons si j'ai choisi la bonne taille.

— Ryan, je ne peux pas accepter…

— Bien sûr que tu vas accepter ! Je suis condamné par la maladie. Fais-moi plaisir. Allez, essaie-le.

Cara obéit et, malgré sa tristesse, s'émerveilla de la qualité et du confort de la fourrure.

— Il est si léger et si chaud à la fois…

— Et bien plus seyant que ta vieille soutane.

Ryan tendit la main vers elle. Elle la prit et s'assit près de lui.

— Pour ce qui est des autres affaires dont tu auras besoin…

— Comment ça, dont j'aurai besoin ?

— Quand je ne serai plus là pour veiller sur toi, expliqua-t-il posément. Je veux que tu achètes des tenues adaptées à toutes les saisons. Les nouvelles collections viennent de sortir. Prends beaucoup de vêtements d'été, surtout.

— Ryan… Tu ferais mieux de te préparer à retourner chez toi au lieu de parler chiffons.

— Je ne rentrerai pas au Texas.

— Quoi ? s'exclama-t-elle, abasourdie. Tu ne comptes pas rester à Boston, quand même ? Et Jeth ?

Une idée lui traversa l'esprit.

— Tu ne lui as rien dit, c'est ça ?

— Non. Il croit que j'ai attrapé un virus et que je suis parti consulter mon médecin.

— Ne me dis pas que tu caches la vérité à ton frère ! Il sera terriblement offensé !

Ulcérée, Cara se leva d'un bond et enleva le manteau.

— Tu te soucies de la réaction d'un homme que tu n'apprécies même pas.

— C'est ton frère ! Mets-toi à sa place !

Mais Ryan s'entêta.

— Je sais ce que je fais, Cara. Tu dois me croire et me faire confiance. Un jour, Jeth comprendra pourquoi j'ai gardé le silence et pourquoi je ne suis pas resté à La Tierra. N'en parlons plus, d'accord ?

Jamais ils n'avaient été plus près de se quereller. Ryan décida de détendre l'atmosphère en esquissant un sourire.

— À présent, file dévaliser les magasins. Ce soir, je veux assister à un défilé de mode.

Elle passa la journée comme dans le brouillard. Pour respecter son engagement envers Ryan, elle visita une dizaine de boutiques et dépensa une partie de la somme conséquente qu'il lui avait allouée. Elle soupçonnait que si elle n'obtempérait pas, il risquait de l'obliger à refaire du shopping le lendemain, alors qu'elle voulait simplement rester à ses côtés.

En fin d'après-midi, la petite Volkswagen était pleine de sacs et de boîtes. De retour à Marblehead, elle se rendit à la bibliothèque pour s'entretenir avec sa responsable. Cara lui expliqua qu'elle devait prendre un congé dont elle ignorait la durée. Elle était prête à démissionner, mais préférait obtenir un congé sans solde et retrouver son poste par la suite.

— Rien ne vous oblige à prendre une décision tout de suite. Appelez-moi à la fin de la semaine, quand vous en saurez davantage. Nous discuterons de vos possibilités.

En se rendant chez Ryan, la jeune femme se dit que, même si elle perdait son emploi et devait prendre du retard dans le remboursement de ses dettes, elle ne laisserait pas Ryan mourir seul. Dans la soirée, elle lui montra des robes, des pantalons, des tailleurs.

— Demain, direction le coiffeur, décréta-t-il. Ensuite, tu as rendez-vous avec la meilleure maquilleuse de Boston.

Cara soupira. À quoi bon discuter ? Ryan prenait visiblement plaisir à jouer les Père Noël. Si cela lui changeait les idées...

Plus tard, elle prépara un repas léger, puis elle lui joua ses morceaux favoris au piano. Il l'écouta depuis un fauteuil en cuir qui semblait l'engloutir, tant il était affaibli. Il finit par trahir des signes de fatigue.

— Ryan ? murmura-t-elle en cessant de jouer.

Il rouvrit les yeux dans un sursaut.

— Oui, ma belle ?

— Tu veux que je reste, ce soir ?

— Tu te le demandes vraiment ? Honnêtement, j'espérais que tu emménagerais ici en attendant que je me retrouve à l'hôpital.

— Demain, j'irai chez moi chercher quelques affaires, répondit-elle sans l'ombre d'une hésitation.

Au cours de la semaine qui suivit, Ryan déclina à vue d'œil, mais il ne perdit pas une occasion de rire ou de plaisanter. Il envoya Cara faire des emplettes. À son retour, elle posa une brassée de sacs sur son lit, où il était en train de lire, et déclara :

— Ça y est ! J'ai dépensé tout l'argent que tu as déposé sur mon compte. Je te préviens, je n'achèterai plus un seul vêtement. J'ai de quoi m'habiller pendant des années !

— Tant mieux, fit-il en la toisant d'un œil approbateur.

Sa nouvelle coiffure soulignait l'ovale de son visage et son maquillage mettait son regard et sa beauté classique en valeur tandis que son manteau de luxe lui donnait une allure sophistiquée et discrète à la fois.

— Tu as enfin une apparence digne de toi, commenta-t-il.

Un après-midi, alors qu'ils étaient assis sur la terrasse et que Ryan comparait l'immensité de l'océan aux vastes plaines du Texas, le téléphone se mit à sonner. Cara prit l'appel. Une voix masculine assurée demanda à parler à Ryan Langston.

— De la part de qui ? demanda-t-elle, intriguée, car elle ne voulait pas déranger Ryan pour rien.

— Son frère. Jeth Langston.

Elle fut parcourue d'un frisson.

— Ah ! fit-elle. Un instant, je… je vais le chercher.

Cara vit Ryan afficher un sourire forcé avant de prendre l'appel. D'une voix enjouée qui masquait sa fatigue et sa souffrance physique, il discuta aimablement avec son frère. Elle retourna sur la terrasse. Quand il la rejoignit, elle le foudroya d'un regard accusateur.

— Tu ne lui as rien dit, n'est-ce pas ? Pourquoi ?

Ryan ne put lui répondre. Les mains crispées sur son ventre, il poussa un cri de douleur et s'écroula à terre. Cara alla chercher des couvertures et un coussin, puis elle composa le numéro de téléphone qu'il lui avait donné pour gérer ce genre de situation. En attendant l'ambulance, elle lui prit la main.

Les jours suivants furent un cauchemar pour Cara, qui, au chevet du jeune homme, voyait la vie le quitter sans que son frère n'en sache rien. L'associé de Ryan se présenta à l'hôpital peu après son admission, l'air sincèrement touché.

— Je suis Harold St Clair, précisa-t-il en lui tendant sa carte. Un ami et collègue de Ryan. Son médecin a reçu l'instruction de m'appeler…

Elle découvrit qu'il avait mis de l'ordre dans ses affaires durant les derniers jours de la vie de Ryan. Il avait chargé le cabinet juridique de gérer son patrimoine et d'envoyer ses effets personnels au Texas, chez son frère. La maison et les meubles seraient vendus, ainsi que la Ferrari, sauf si elle souhaitait la garder, bien sûr. Le jeune homme avait stipulé dans son testament que Cara pouvait prendre tout ce qu'elle voulait.

Abasourdie, elle déclara ne rien vouloir, puis elle se rappela la photo, sur la cheminée.

— Il y a bien une chose, dit-elle. Un portrait de Ryan et son frère que j'aimerais garder.

— Bien sûr, répondit Harold St Clair en prenant des notes dans son calepin.

Il observa la jeune femme qui se tenait de profil. Elle était ravissante. Pas étonnant que Ryan ait craqué pour elle. Au cours de ces trois jours, Ryan n'eut qu'un seul moment de lucidité, alors que Cara s'était assoupie à son chevet et que Harold était descendu à la cafétéria. Il ouvrit les yeux et tourna la tête.

— Salut...

Persuadée d'être en plein rêve, elle se redressa vivement.

— Ryan…

Elle sourit et approcha sa chaise.

— Je suis tellement contente que tu sois réveillé.

— Merci de ne pas me demander comment je vais, fit-il avec un sourire cynique. Je ne voudrais pas te mentir.

— C'est dur…

— Très dur. J'ai failli trop attendre pour te demander une dernière chose.

Elle sentit sa gorge se nouer. Elle saisit la main inerte et froide de Ryan en prenant soin de ne pas toucher les fils qui le reliaient aux machines.

— Tu me fais confiance, Cara ?

— De tout mon cœur.

— Alors tu dois me promettre quelque chose, pour quand je serai parti, même si je ne peux pas encore t'expliquer de quoi il s'agit. Réfléchis bien avant de me répondre. Je te connais assez pour savoir que, quand tu m'auras donné ta parole, rien ne te fera revenir en arrière.

— Est-ce important, à tes yeux ?

— Cela me permettra de reposer en paix.

— Dans ce cas, tu as ma promesse, Ryan.

— Merci. Tu ne le regretteras pas. Enfin, au début, oui. Peut-être même perdras-tu courage… Mais tiens bon, va jusqu'au bout de ta promesse. Tu ne le regretteras pas. Je n'ai aucun doute là-dessus.

— Comment… Comment saurai-je ce que tu me demandes ?

— Harold te remettra une enveloppe après ma mort. Sache que je n'ai songé qu'au bonheur de ceux que… j'aimais.

Sa voix s'éteignit. Il ferma doucement les yeux.

— Ryan…

Il était parti pour toujours. Déjà, ses beaux traits semblaient figés à jamais. Les yeux embués de larmes, elle prit sa main et la porta à sa joue. Quelques secondes plus tard, une nuée de blouses blanches envahit la chambre. Un homme en costume murmura quelques mots à l'oreille de Cara et dégagea la main de Ryan de la sienne avant de l'entraîner dans le couloir.

— Il faut prévenir Jeth, bredouilla-t-elle à celui qui la soutenait. Il faut prévenir Jeth que son frère est parti.

— Chut… murmura Harold St Clair. Ne vous préoccupez pas de cela, Cara. Le cabinet va l'en informer. Cela vaut mieux…

Une semaine plus tard, le 1er mars, Cara se retrouva dans le bureau de Harold. Sous un ciel lourd, une fine pluie battait les carreaux. Avec son manteau lavande qui révélait le col d'une robe assortie, la jeune femme apportait une note printanière dans la grisaille ambiante. Harold la trouva plus belle que jamais.

— Comment allez-vous, Cara ? demanda-t-il avec sollicitude.

— Je me sens vide.

— Je comprends, fit-il avec compassion.

En réalité, il n'y comprenait pas grand-chose. Quelle était la véritable nature des relations entre Ryan et cette ravissante personne ? Étaient-ils amants ? Harold commençait à en douter. Il émanait d'elle une sorte d'innocence. Et pourtant, Ryan l'aimait plus que tout autre personne au monde, il en était certain. Sinon, pourquoi aurait-il rédigé ce testament en allant à l'encontre de ses conseils juridiques et des intérêts de son frère, l'un des hommes les plus puissants du Texas ?

Par chance, les deux héritiers ne se rencontreraient pas. Harold n'imaginait pas de combat plus inégal entre la jeune femme perdue et le magnat implacable. Au moins, elle aurait le soutien du cabinet et des tribunaux. Ensemble, ils la protégeraient contre la rage et la soif de vengeance de Jeth Langston.

— Cara, dit-il, la gorge nouée, Ryan vous a-t-il parlé des termes de son testament ?

— Bien sûr que non, répondit-elle, étonnée. Pourquoi ?

L'avocat la regarda droit dans les yeux.

— Parce que vous y figurez… avantageusement.

— Que voulez-vous dire ? demanda-t-elle, déconcertée, car Ryan savait qu'elle ne voulait aucun bien matériel.

— Vous héritez de la part de Ryan de La Tierra Conquistada.

Cara demeura pétrifiée sur sa chaise, comme si elle attendait de lui un démenti.

— Vous ne parlez pas sérieusement, énonça-t-elle, incrédule. Ryan n'aurait jamais imposé cela à son frère.

— Je crains que si, persista Harold, persuadé de la sincérité de la jeune femme.

— Je veux rendre cette part à Jeth. C'est possible, n'est-ce pas ? Je ne veux pas de ce ranch. Il appartient à son frère. Comment Ryan a-t-il pu faire une chose pareille ?

— Avant que vous ne preniez une décision, vous devriez lire ceci. J'ai pour instruction de vous remettre cette lettre après vous avoir informée du contenu du testament.

Le cœur battant à tout rompre, Cara prit l'enveloppe.

— Je vous laisse quelques minutes, déclara l'avocat.

En s'éloignant, il effleura son épaule d'une main rassurante.

La gorge nouée, la jeune femme ouvrit l'enveloppe et en sortit une feuille sur laquelle elle reconnut l'écriture de Ryan :

Chère Cara,

J'ose à peine imaginer les pensées qui te traversent l'esprit alors que tu viens d'apprendre que tu hérites de la moitié de La Tierra Conquistada. Telle que je te connais, tu as immédiatement crié au scandale et dit à Harold que tu voulais restituer cet héritage à Jeth.

Tu pourras rendre ces terres, mais seulement après avoir vécu dans la grande maison de La Tierra pendant un an à compter du premier jour du printemps. Au terme de cette année, tu seras libre de disposer à ta guise de ton héritage.

Tu ne devras divulguer cette condition particulière à personne, surtout pas à Jeth, avant que cette année ne soit écoulée. C'est la promesse que tu m'as faite et j'espère que tu la tiendras.

Vaya con dios !

Ryan

La jeune femme leva les yeux vers les vitres striées de pluie sans se rendre compte que Harold était de retour dans son bureau.

— Cara ? murmura-t-il avec sollicitude.

Elle sursauta et replia vite la lettre qu'elle glissa dans l'enveloppe.

— Le frère de Ryan est-il au courant des termes du testament ?

— Je le crains. J'ai parlé à ses avocats ce matin, au téléphone. Il est sous le choc. Il ne s'attendait pas à ce que le testament d'origine soit modifié au profit d'une tierce personne.

— Et il pense sans doute que j'ai usé de mon influence pour servir mes intérêts ?

— Il semblerait que oui, hélas.

— Peut-il contester ce testament ?

— Ryan était avocat. Il a veillé à ce que ses dernières volontés soient inattaquables.

Harold reprit place derrière son bureau et afficha une expression rassurante.

— J'imagine que vous envisagez soit de vendre votre part du ranch à M. Langston, soit de la lui restituer dès que ce sera légalement possible. Le cabinet se chargera bien sûr des formalités. Vous n'aurez pas à redouter une… confrontation désagréable avec M. Langston ou ses avocats.

Cara Martin se redressa et s'arma de courage :

— La confrontation est inévitable, car je vais me rendre au Texas. J'ai l'intention de m'installer à La Tierra.

Chapitre 3

Un silence pesant régnait dans le bureau du cabinet juridique qui défendait les intérêts considérables de La Tierra Conquistada, à Dallas. La mine renfrognée, les lèvres pincées, John Baines, faisait face à Harold St Clair et sa cliente.

Assisté d'un confrère, Baines reprit la parole pour formuler une dernière supplique :

— Mademoiselle Martin, je vous prie de revenir sur votre décision. M. Langston veut récupérer ce qui lui appartient de droit. Il est disposé à vous verser une somme plus qu'honnête en échange de votre part. Il faudra au moins un an pour régler les questions légales, or il est prêt à payer comptant. Vous devez admettre que c'est un signe de bonne volonté.

Pour toute réponse, Cara se contenta de secouer négativement la tête.

— Mademoiselle Martin…

Frustré, Baines changea de stratégie. Il se leva et se percha sur un coin du bureau. La jeune femme avait le même âge que sa fille, qu'il parvenait parfois à raisonner.

— Mademoiselle Martin... Vous imaginez sans peine ce que M. Langston pense de vous.

— Oui, souffla-t-elle en baissant les yeux pour échapper à son regard perçant.

Depuis qu'elle avait lu la lettre de Ryan, elle s'efforçait de chasser cette question de son esprit. Si elle avait réfléchi, jamais elle n'aurait démissionné, sous-loué son appartement, fait transporter à La Tierra ce dont elle avait besoin pour une année, avant de s'envoler pour le Texas en compagnie d'Harold, le tout en moins de trois semaines.

— Vous ne voyez donc pas que c'est de la folie ? insista John Baines en masquant avec peine son exaspération. Comment pouvez-vous envisager une seconde de vivre là-bas, en terrain hostile, sans personne pour vous protéger ou veiller à vos intérêts...

Cara le foudroya d'un regard si intense que Baines eut un mouvement de recul.

— Vous dressez de M. Langston un portrait peu flatteur, dit-elle. Serait-il une bête sauvage ?

— M. Langston n'a rien de sauvage, assura l'avocat, à bout de patience. C'est un homme juste et réputé implacable envers quiconque menace La Tierra Conquistada, ce qui est votre cas, vous devez l'admettre. En insistant pour vivre sous son toit, vous ne faites que jeter de l'huile sur le feu. Cet homme vient de perdre brutalement son frère adoré, sa seule famille, de surcroît. Il est persuadé que vous avez profité de votre... relation avec Ryan pour le convaincre de vous léguer la moitié d'un empire appartenant aux Langston depuis plusieurs générations.

Il sentit le hochement de tête approbateur de son collègue et observa la jeune femme par-dessus ses lunettes.

— Franchement, je n'aimerais pas être à votre place. Dans votre propre intérêt, je vous suggère de revenir sur votre décision.

Cara s'entendit répondre :

— Je comprends ce que vous me dites et j'apprécie vos conseils et votre sollicitude. Toutefois, ma décision est prise. Je ne considérerai aucune proposition de rachat, ni de M. Langston, ni de personne d'autre, tant que la succession ne sera pas officiellement réglée. Et je tiens à vivre à La Tierra pendant cette année. Si M. Langston souhaite ma coopération, il devra respecter cette volonté.

Dans le silence pesant qui accueillit son discours, elle eut la nette impression que les trois avocats, y compris Harold, la prenaient pour une folle. Enfin, Baines poussa un long soupir et se leva.

— J'ignore à quelle mascarade vous vous livrez, mademoiselle Martin, mais il faut que vous compreniez une chose : Jeth Langston n'est pas homme à se laisser manipuler. Vous êtes trop jeune et inexpérimentée pour rivaliser avec un personnage de son envergure. Il ne se contente pas de vaincre ses ennemis, il les détruit. Et en dépit de vos charmes incontestables, vous ne ferez pas exception à la règle.

Impressionnée, la jeune femme pâlit. Comment Ryan avait-il pu lui imposer une situation aussi périlleuse ? Le son de l'interphone la fit émerger de ses pensées.

— Oui ! aboya John Baines en appuyant sur le bouton.

— M. Langston vient d'arriver, monsieur, annonça son assistante.

— Faites-le entrer, Louise, répondit-il, résigné.

Cara s'efforça de maîtriser les battements effrénés de son cœur. Elle entendit la porte s'ouvrir derrière elle, puis se refermer. Les avocats se levèrent comme un seul homme. À leurs mines anxieuses, elle devina que le nouveau venu s'était arrêté sur le seuil pour ménager son effet.

Enfin, John Baines afficha un sourire forcé.

— Entrez donc, monsieur Langston ! Je vous en prie ! lança-t-il avec la chaleur d'un commercial accueillant un bon client. Permettez-moi de vous présenter Harold St Clair, de Boston, l'associé de votre défunt frère et… Mlle Cara Martin, venue également de Boston.

Cara perçut l'hostilité palpable de Jeth. Furieuse et plus déterminée que jamais, elle se leva et se retourna. Son regard plongea dans celui du frère de Ryan. Elle en eut le souffle coupé. Elle s'attendait à un personnage imposant, de la trempe des capitaines au long cours qui peuplaient son arbre généalogique. La réalité dépassait ses pires appréhensions. Jeth Langston la toisa d'un œil critique qui la déstabilisa aussitôt.

Son Stetson fauve était orné d'un ruban noir en signe de deuil. Cara aurait voulu évoquer son chagrin, leur deuil partagé, mais l'attitude glaciale et dédaigneuse du nouveau venu l'empêcha de prononcer un mot. Sans la quitter de ses yeux gris, il s'avança lentement vers elle.

John Baines rompit le silence en toussotant, puis il déclara d'un ton accusateur :

— Mlle Martin refuse de coopérer en dépit de nos explications.

Jeth s'arrêta à un mètre de la jeune femme.

— J'arriverai peut-être à la convaincre, déclara-t-il doucement. Messieurs, vous voulez bien nous laisser ?

— Bien sûr, monsieur Langston, répondit l'avocat en rassemblant les papiers qui jonchaient son bureau.

Les Texans s'empressèrent de quitter la pièce, mais Harold s'attarda au côté de sa cliente.

— Je peux rester, Cara, si vous le souhaitez.

— Ce ne sera pas nécessaire, assura-t-elle avec l'esquisse d'un sourire. Tout va bien.

Touché par son courage, Harold posa une main sur son épaule en signe d'encouragement.

— N'hésitez pas à m'appeler. Je serai dans le couloir.

Sur ces mots, il les laissa en tête à tête. Dès que la porte se fut refermée, le regard de Jeth passa du visage de la jeune femme à sa chevelure dorée, qui aurait fait battre le cœur de n'importe quel homme. Il avait connu de nombreux chagrins, mais ressentait une forme nouvelle de souffrance en présence de Cara. Lui qui pensait repérer les femmes vénales au premier coup d'œil... Celle-ci était singulière. Il comprenait que Ryan ait craqué pour elle. Il en aurait fait autant, en d'autres circonstances.

Cara dut résister à son envie de se soustraire à ce regard inquisiteur.

— Je comprends mieux, à présent, dit-il. À vous voir, on ne devinerait jamais que vous êtes… ce que vous êtes.

Elle ne put en supporter davantage.

— Jeth, je…

— Appelez-moi M. Langston ! lança-t-il. Il s'agit d'une conversation formelle. C'est compris ?

— C'est très clair, répondit-elle avec toute la dignité dont elle était capable.

Elle ne voulait pas céder, car cet entretien était crucial. Jeth l'observa en silence pendant un moment. Elle crut déceler une lueur d'étonnement dans ses prunelles grises.

— Après cette mise au point, il nous faut aborder les choses sérieuses.

Il jeta son chapeau sur le divan et s'installa dans un fauteuil profond. Il lui fit signe de s'asseoir à son tour et elle attendit avec un calme apparent qu'il reprenne la parole.

— Alors comme ça, vous voulez vivre à La Tierra ? demanda-t-il sur le ton de la conversation.

— Oui, répondit-elle, la gorge nouée.

Elle avait du mal à soutenir son regard. En toute franchise, elle ne pouvait lui reprocher une telle réaction.

— Pourquoi ? demanda Jeth en l'observant d'un air soupçonneux.

— Pour des raisons personnelles.

— Ah…

De la poche intérieure de sa veste en cuir, il sortit un étui à cigare orné du même motif doré que le portefeuille de Ryan. Elle savait désormais qu'il s'agissait de l'emblème de La Tierra Conquistada, un T entrelacé avec un C.

— Normalement, reprit-il en arrachant l'extrémité d'un cigare de ses dents, je demande la permission à une dame avant de fumer en sa présence. Mais en l'occurrence…

Ses paroles restèrent en suspens, comme la fumée qu'il lui souffla au visage. Cara s'empourpra de colère. Le mufle ! Elle n'avait rien à se reprocher. Qu'il se conduise en goujat si cela lui faisait plaisir !

— Je vois, monsieur Langston, déclara-t-elle avec une note de dédain dans la voix. Vous n'êtes pas le premier…

— Autant vous y habituer, mademoiselle Martin. Le commentaire le plus aimable que j'aie entendu à votre propos, ces derniers temps, est « la traînée de Ryan ».

Jeth vit qu'il l'avait blessée, ce qui lui procura une certaine satisfaction. Livide, elle se détourna et se concentra sur une peinture accrochée au mur. Un paysage marin peuplé de mouettes. *Comme chez elle*, songea-t-il. Boston lui manquait-il ? Regrettait-elle de s'être lancée dans cette aventure ? Lorsqu'elle se tourna de nouveau vers lui, son visage était impassible. À l'instar de Langston, elle avait appris l'importance de masquer ses faiblesses…

— Bon, fit-il du ton d'un père qui vient de réprimander son enfant. Pour en revenir à la question qui nous préoccupe, pourquoi voulez-vous venir à La Tierra ?

Soudain, Cara se mit à le détester. Elle réprima ses tremblements de colère face à la condescendance du frère de Ryan.

— Pour en revenir à la question qui nous préoccupe, monsieur Langston, j'ai mes raisons, rétorqua-t-elle froidement.

— Puis-je me livrer à des hypothèses, mademoiselle Martin ? suggéra-t-il avec un sourire narquois dénué d'humour.

Allez au diable, songea la jeune femme.

— À quoi bon me poser la question puisque vous allez le faire, de toute façon ?

Elle se redressa fièrement, attendant la suite. Il fallait qu'elle demeure impassible, quelle que soit la méchanceté de ses paroles. La douleur lui était familière, non ? Elle était capable de tout encaisser !

Jeth l'observa attentivement derrière un nuage de fumée. La chevalière qu'il portait à l'annulaire gauche représentait l'emblème de La Tierra en petits diamants. Il respirait la richesse et la puissance, de ses bottes assorties au cuir fauve de sa veste, à son pantalon de laine et son foulard en soie.

— Je ne vois que trois raisons qui pourraient vous pousser à vous incruster chez moi, dit Jeth en s'installant confortablement dans un fauteuil. D'abord, un an au ranch vous laissera tout le loisir de déterminer la valeur de votre héritage. Deuxièmement, je crois savoir que vous avez démissionné de votre emploi. Sans revenu, autant être logée gratuitement à La Tierra ! Une année sabbatique vous préparera au faste que vous envisagez par la suite. J'ai vu juste ?

Trop affligée pour lui répondre, Cara se contenta de le dévisager. Elle prenait enfin la mesure que l'image que Jeth et tous ceux qui aimaient et respectaient Ryan se faisaient d'elle : une opportuniste, paresseuse, chasseuse d'héritage qui avait l'audace de venir vivre sous le toit de la victime de ses intrigues.

Pourquoi Ryan l'avait-il placée dans une telle situation, lui qui lui reprochait de ne rien accepter de lui, sauf quand elle était en mesure de lui rendre la pareille ? Sa démission l'empêchait de régler ses dettes et de laver l'honneur de sa famille. Elle soupira intérieurement, se disant qu'elle avait désormais un créancier de plus, car elle comptait rembourser à Jeth Langston le prix du gîte et du couvert.

— Vous avez évoqué trois raisons, il me semble, lui rappela-t-elle.

— Oui…

Très lentement, il prit un cendrier de bronze posé sur le bureau. La jeune femme perçut un changement en lui qui l'incita à la méfiance. Lorsqu'il posa de nouveau les yeux sur elle, elle eut un frisson d'appréhension.

— Je crois que, dans votre petite tête de manipulatrice, vous espériez peut-être que je prendrais le relais de mon frère… deux moitiés valent mieux qu'une…

— Non ! s'exclama Cara, horrifiée. Quelle idée sordide !

— Je ne vous le fais pas dire, mademoiselle Martin, riposta Jeth d'un ton glacial. Mon frère préférait les femmes grandes et longilignes, mais j'ai toujours eu un penchant pour les filles fragiles en apparence et passionnées à l'intérieur. Le feu sous la glace, un peu comme vous, mademoiselle Martin. Vous avez sans doute soutiré pas mal d'argent à Ryan avant sa mort.

Pendant une fraction de seconde, elle décela de la douleur dans le regard gris de Jeth Langston. Elle avait presque oublié qu'il était en deuil, lui aussi. Néanmoins, elle se leva d'un bond, les poings crispés, sachant d'instinct qu'elle devait clarifier la situation sur ce point essentiel pour ne pas perdre pied.

— Je n'étais au courant de rien ! Et je me moque éperdument de votre genre de femme ! Vous vous posez bien trop de questions sur ma venue. Je comprends ce que vous ressentez à l'idée de me voir m'installer chez vous, mais je vous promets de vous vendre ma part…

— La part de Ryan ! corrigea-t-il d'un ton implacable.

— La part de Ryan, admit Cara. Et pour un prix juste.

— Que considérez-vous comme un prix juste ?

— Il faudra en discuter le moment venu. Je vous donne ma parole, même si elle ne vaut pas grand-chose à vos yeux, que la somme sera raisonnable. En échange…

Elle s'interrompit et se mordit la lèvre en rougissant.

— Oui ? dit Jeth avec une patience exaspérante.

Cara prit une profonde inspiration.

— En échange de la garantie que je ne vendrai qu'à vous, j'exige l'assurance qu'il ne m'arrivera aucun mal pendant mon séjour à La Tierra.

Il y eut un moment de silence, puis Jeth déclara :

— Asseyez-vous, mademoiselle Martin. Votre taille n'est pas suffisante pour constituer un avantage. De plus, vous semblez si épuisée que vous risquez de vous écrouler.

C'était la vérité. Sans doute avait-il remarqué les cernes bleutés qui soulignaient ses yeux.

— À présent, dites-moi pourquoi vous estimez avoir besoin de ma protection ?

— Monsieur Langston ! s'exclama Cara. J'ai peut-être l'air d'une imbécile, mais je vous assure que ce n'est pas le cas ! Pas plus que vous ne l'êtes, me semble-t-il. Vous savez pertinemment pourquoi j'exige cette garantie. Je ne voudrais pas être…

Elle chercha désespérément un terme diplomatique pour exprimer ce qu'elle avait à l'esprit.

— Malmenée d'une façon ou d'une autre ? suggéra-t-il poliment, un sourire au coin des lèvres.

— Absolument, rétorqua-t-elle, gênée et furieuse. Malmenée ou… battue… affamée…

— Allons, mademoiselle Martin ! s'esclaffa Jeth.

S'il n'avait pas été aussi moqueur, elle aurait trouvé son rire mélodieux. Furibonde, elle le vit souffler un ultime nuage de fumée avant d'éteindre son cigare dans le cendrier.

— Vous regardez trop de westerns, railla-t-il.

— Je n'en regarde jamais, et je ne les apprécie guère. Je ne faisais que constater votre hostilité, ainsi que celle des gens qui travaillent pour vous, à cause de ce que j'ai fait à Ryan, du moins d'après leurs suppositions.

— Leurs suppositions ?

Soudain très sérieux, il se leva vivement, une lueur glaciale dans le regard.

— Mettons les choses au point, dit-il en se penchant vers elle, les bras campés sur les accoudoirs pour l'emprisonner dans son fauteuil. Je déteste les suppositions.

Cara eut un mouvement de recul, troublée par ses traits durs, et par le parfum de son eau de toilette qui se mêlait à une odeur de cuir et de tabac.

— Voici les faits tels que je les comprends. Corrigez-moi si je me trompe.

— Si vous m'en donnez l'occasion, répondit-elle.

— Vous avez empêché mon frère de rentrer chez lui pour mourir. Oh, il est venu me rendre une dernière visite, mais il ne m'a pas informé qu'il était mourant. Si je l'avais su, je l'aurais gardé ici et tout aurait été terminé pour vous, car j'aurais appris à ce moment-là qu'il avait modifié son testament.

— C'est faux !

— Alors pourquoi ne m'a-t-il pas parlé de vous, ni de ce testament ? Ryan devait savoir que j'aurais accepté son choix. Il était libre de faire ce qu'il voulait.

— Monsieur Langston, je ne connais pas les réponses à ces questions.

Il était si proche que, au moindre geste, ils se seraient touchés.

— Alors essayons autre chose. Pourquoi ne m'avez-vous pas informé qu'il était mourant ? Vous deviez savoir que je n'étais pas au courant. C'est vous qui avez répondu au téléphone, il y a quelques semaines, non ? Pourquoi ce silence ?

Au désespoir, Cara plongea dans son regard triste. Pas étonnant que Jeth la déteste. Ce n'était pas la perte de ses terres qui attisait sa haine. Il était persuadé qu'elle l'avait privé des derniers jours de son frère…

— Vous aviez un sacré pouvoir sur lui ! dit-il en trahissant son angoisse. Je devine comment vous avez veillé à ce qu'il rentre à Boston. Vous deviez avoir des arguments très persuasifs pour qu'il préfère mourir dans vos bras.

Les yeux de la jeune femme s'embuèrent soudain de larmes de pitié. Elle refusait d'attiser sa douleur en lui révélant que Ryan avait préféré mourir à Boston. Malgré elle, elle observa ses épaules larges. Comme il serait réconfortant d'enrouler les bras autour de son cou et de poser la tête sur le cuir souple de sa veste... Elle ferma les yeux et baissa la tête. Une mèche de ses cheveux effleura le menton de Jeth.

— Je… Je comprends que vous ayez une telle vision des choses… mais…

— Mais je me trompe, c'est ça ? fit Jeth d'un ton presque doux.

Elle hocha la tête.

— Allons, mademoiselle Martin…

Il se redressa, ivre de rage et d'impuissance. Si cela faisait des années qu'il n'espérait plus trouver la femme idéale, il lui arrivait, dans ses grands moments de solitude, d'imaginer sa rencontre avec l'amour véritable. Parfois, ses pensées s'aventuraient plus loin et il entrevoyait la femme de ses rêves : une silhouette harmonieuse, un regard de braise, des cheveux dorés, une bouche sensuelle qui appelait les baisers... Telle était celle à qui il se donnerait corps et âme… Et dont la ressemblance avec Cara Martin était troublante.

— Voyons si je me trompe aussi à propos de ceci, reprit Jeth d'une voix dangereusement suave.

Lorsqu'il la prit par la taille sans crier gare, elle se retrouva prisonnière de son étreinte sans savoir pourquoi.

— Lâchez-moi ! s'exclama-t-elle suite au contact intime de son torse contre sa poitrine.

Elle ne pouvait que poser les mains sur ses épaules, mais elle s'y refusait.

— Je vous offre une chance de me prouver que j'ai tort, que vous n'êtes pas celle que je crois, que vous n'avez jamais été une tr…

— Ne dites pas cela ! s'écria-t-elle désespérément. Je ne le supporterai pas.

— Alors prouvez-moi que je me trompe !

— Non, je…

Il la fit taire en s'emparant de ses lèvres. Outrée par cette agression, elle se mit à marteler ses épaules de ses poings. Hélas, elle se trouva vite à bout de forces. Jeth avait posé une main ferme sur sa nuque et, dès qu'il la sentit céder, il la relâcha. Cara écarquilla les yeux, un trouble étrange et effrayant au plus profond de son corps.

— Je vous en prie, lâchez-moi… implora-t-elle près de sa bouche.

— Non, murmura-t-il en embrassant ses paupières.

Elle ne put réprimer une plainte qui rappela à Jeth le cri d'un chaton perdu. Il la serra plus fort pour l'embrasser de nouveau. Cette fois, elle ne se débattit pas. Jeth gémit contre ses lèvres. Il n'aurait pas supporté de la libérer de ses bras, de ne plus sentir son corps, son parfum enivrant. Telle une bête affamée, il l'entraîna dans un monde de sensualité où elle ne s'était jamais aventurée. Mais cela, il ne pouvait le savoir… Un désir soudain et irrépressible empêcha Cara de se défendre. Ayant démontré sa théorie, Jeth la repoussa aussi brusquement qu'il l'avait enlacée. Honteuse, elle n'osa croiser son regard et, pour couronner le tout, se mit à pleurer.

— Croyez-le ou non, j'aurais préféré avoir tort, dit-il doucement. Savoir que Ryan a aimé une femme capable de lui rester fidèle jusqu'à ce que sa dépouille ait refroidi m'aurait réconforté.

Jeth sortit un mouchoir en lin blanc et le lui jeta.

— À présent, réfléchissez. Vous devez comprendre qu'il est hors de question que vous habitiez au ranch.

— J'y vivrai, répondit-elle en se tamponnant les yeux. Il le faut. Je ne vous demande pas de me comprendre. Sachez que je ne vous dérangerai pas. Ce qui vient d'arriver ne se reproduira pas.

— Vous voulez dire que vous comptez vivre au ranch quand même ? Pourquoi diable ? Qu'avez-vous à gagner ? Je vous rachèterai la part de Ryan.

— Cette part ne sera pas à vendre avant un an. J'aimerais m'installer le 20 mars, dans deux jours. Au bout d'un an, vous récupérerez la totalité du domaine pour un prix équitable. En attendant, vous devez me promettre…

— Oui, je sais ! Je dois vous protéger de toute agression physique. Très bien, marché conclu… Néanmoins, j'espère que vous avez les reins solides. Vous allez en avoir besoin.

Il prit son chapeau.

— Au fait, comment comptez-vous vous rendre au ranch ?

— Je prendrai l'avion. Pourrez-vous charger quelqu'un de venir me chercher à l'aéroport ? Je louerais volontiers une voiture, mais je n'aurais pas la possibilité de la rendre.

— Et si je refuse ? demanda-t-il sans se laisser impressionner.

— Jeth, vous devez coopérer si vous voulez récupérer cette part.

Il écarquilla les yeux, les doigts crispés sur le bord de son Stetson. La jeune femme était fascinée par son regard.

— Je ne vous ennuierai pas en vous racontant ce qui est arrivé à la dernière personne ayant cherché à me soumettre à sa volonté, mademoiselle Martin. Je dirai simplement que cet homme l'a amèrement regretté. Vous me rendrez ces terres dans un an au plus tard, avec ou sans ma coopération, c'est compris ? Autre chose : vous m'avez appelé Jeth. Que cela ne se reproduise pas !

Sur ces mots, il prit congé en claquant la porte derrière lui. Se sentant abandonnée, Cara porta à ses lèvres le mouchoir qu'il avait oublié.

Chapitre 4

— Il a refusé de me voir, vous savez, déclara Harold St Clair.

Cara et lui étaient attablés au restaurant de l'hôtel de Dallas où ils séjournaient.

— À ses yeux, vous êtes un traître, admit-elle à regret. Mais j'aurais cru qu'il serait désireux de parler de son frère avec un ami et collègue.

— Jeth Langston est un homme implacable. Apparemment, il me juge en partie responsable car j'étais au courant du testament et je ne lui en ai pas parlé à temps pour qu'il puisse exercer son influence. J'ai plaidé l'ignorance de l'état de santé de Ryan.

Il l'observa avec un sourire désabusé. Elle était ravissante, avec sa longue robe rouge qui rehaussait son teint de porcelaine. À la lueur des chandelles, ses yeux violets pétillaient et ses cheveux luisaient de reflets soyeux. Tous les regards étaient tournés vers eux. Si seulement les admirateurs de Cara pouvaient voir son sourire… Il éclipsait l'éclat du collier de perles qui ornait son cou. Harold posa doucement une main sur celle de la jeune femme, qui jouait avec le pied de son verre.

— S'il avait accepté de me recevoir, j'aurais pu lui expliquer qu'il se méprenait sur vous.

— Comment pouvez-vous en être sûr, Harold ? Vous n'en savez pas plus que lui sur moi.

— En tout cas, quand je vous ai lu le testament, vous avez blêmi et votre première pensée a été de donner ces terres à Jeth, au lieu de les lui vendre, car Ryan n'aurait jamais fait cela à son frère. Vous n'avez changé d'avis qu'après avoir lu la lettre. Que contenait-elle donc ? Qu'est-ce qui vous pousse à attendre un an ?

Cara ôta sa main de la sienne et afficha une mine impassible. Masquer ses sentiments était en train de devenir une habitude. Si Harold persévérait, il risquait de deviner sa promesse à Ryan. Elle gratifia le jeune avocat de l'esquisse d'un sourire.

— Je vous ferai la même réponse qu'à M. Langston, Harold. Mes raisons sont personnelles. Cette année sera vite passée. Ensuite, je devrai encore vous embêter et vous confier les formalités de cette cession.

— Vous… vous savez déjà combien vous allez en demander ? fit Harold en l'observant attentivement.

— Un prix raisonnable, fit-elle, évasive. À présent, parlons d'autre chose : quand retournez-vous à Boston ?

Harold constituait son ultime lien avec l'univers familier et rassurant de la côte est. Au cours de ces semaines éprouvantes, il avait été une présence fiable et réconfortante. Sans son soutien, sans ses conseils, sans sa compagnie, elle allait avoir du mal à affronter les épreuves qui l'attendaient.

— Demain matin, répondit-il à regret, comme s'il lisait dans ses pensées. Cara, sachez que vous pouvez compter sur mon amitié. Si vous avez besoin de quoi que ce soit, n'hésitez pas à m'appeler. Je ne supporterais pas que vous n'ayez personne vers qui vous tourner. Le Texas n'est pas si loin, en avion.

Elle avait beau faire bonne figure, il devinait sa terreur. Il reprit sa main dans la sienne pour la réconforter.

— Puis-je vous donner un conseil ?

— Je vous en prie.

— Surtout, ne vous attachez à personne, pendant votre séjour au ranch. Qu'il s'agisse d'un homme, d'une femme ou d'un enfant. Pas même à un cheval ou à un chien, ou même à un tatou…

Sa tentative de plaisanterie ne parvint pas à apaiser l'angoisse que trahissaient les beaux yeux de la jeune femme.

— Ne vous attachez à rien ni personne, car il pourrait exploiter cette faible pour vous nuire…

Il s'interrompit lorsqu'un serveur leur présenta la carte, puis reprit :

— Rien vous vous oblige à aller là-bas, vous savez.

— Il le faut.

Harold soupira.

— Conformément aux instructions de Ryan, j'ai viré une somme d'argent sur votre compte. Non, ne protestez pas ! Refuser serait stupide. Vous êtes sans le sou et vous n'aurez aucun revenu durant votre séjour au Texas. Ne laissez pas votre orgueil vous empêcher de couvrir vos frais.

Décidément, songea Cara en consultant la carte, *Ryan avait tout prévu… à part des explications.*

— Je crois que je me contenterai d'une salade. Je n'ai plus d'appétit, déclara-t-elle.

Le lendemain matin, Cara regarda Harold St Clair s'envoler pour Boston depuis l'immense aéroport situé entre Dallas et Fort Worth. En voyant l'avion décoller, elle serra dans sa main l'écrin recelant le pendentif en forme de mouette qu'Harold lui avait offert avant d'embarquer.

— Un porte-bonheur, avait-il déclaré tandis qu'elle s'extasiait sur ce cadeau inattendu. Vous pourrez le porter sur votre chaîne en or. Quand vous n'aurez pas le moral, il vous rappellera que vous avez un ami.

— Harold…

Sa voix se brisa. Refoulant ses larmes, elle l'avait embrassé sur la joue.

— Vous avez été tellement gentil… Jamais je ne pourrai vous rendre la…

— Chut, avait-il murmuré en posant un index sur ses lèvres. Prenez soin de vous et donnez-moi de vos nouvelles, surtout.

Restée seule, Cara s'isola dans une salle d'attente pour laisser libre cours aux sanglots de chagrin et de désespoir qu'elle retenait depuis des semaines. Ensuite, elle se sentit un peu mieux. Ce moment de faiblesse serait le seul qu'elle pourrait se permettre avant longtemps…

Le lendemain matin, elle se réveilla aux aurores. Allongée dans son lit, elle recensa les moyens de défense dont elle disposait contre la soif de vengeance de Jeth Langston. S'il s'en prenait à elle physiquement, il lui suffirait de brandir la menace de la part d'héritage qu'elle pouvait vendre à qui bon lui semblait. Elle adopterait un comportement irréprochable afin que personne ne puisse la traiter de traînée, et resterait discrète mais, si l'occasion s'en présentait, n'hésiterait pas à mettre la main à la pâte.

Ces bonnes résolutions n'apaisèrent en rien son anxiété. Elle sélectionna un élégant tailleur qu'elle portait désormais avec plaisir, respectant les vœux de Ryan. Quand elle eut terminé ses bagages, elle se contenta de quelques morceaux de melon en guise de petit déjeuner. Au moment de partir pour l'aéroport, elle enfila son manteau doublé de zibeline. Le printemps était tardif, au Texas.

Dans l'avion qui survolait les vastes plaines, mille questions l'assaillirent. Est-ce que les deux malles contenant ses affaires l'attendraient à destination ? Quelqu'un viendrait-il l'accueillir ? Et si Jeth Langston se présentait en personne ? Elle chassa vite cette appréhension : le maître de La Tierra Conquistada ne s'abaissait pas à ces tâches. Comment se rendrait-elle au ranch, alors ? Épuisée par sa nuit blanche, elle appuya la tête sur le dossier de son siège, les paupières lourdes, et s'assoupit.

Lorsque le steward la réveilla, elle eut l'impression que quelques minutes à peine s'étaient écoulées. Elle se sentait revigorée. Le jeune homme lui sourit. Il la trouvait à son goût, apparemment.

— Nous n'allons pas tarder à atterrir, annonça-t-il. Je me disais que vous voudriez admirer le paysage, d'autant que c'est votre premier séjour dans l'ouest du Texas.

Cara le remercia et regarda par le hublot. La beauté de la nature lui coupa le souffle.

— C'est spectaculaire, n'est-ce pas ? fit-il avec un sourire. Tout le monde réagit comme vous la première fois. On raconte que cette partie du Texas s'étend à infini.

Le désert régnait à perte de vue au-delà de deux oasis de verdure, les seules villes de la région. Entre elles se dressait l'aéroport mais, ensuite, il n'y avait plus rien, ni arbres, ni lacs, ni autoroutes, rien que les plaines. Des terres aussi dures que l'homme implacable qui les avait conquises, songea Cara. En pensant à Jeth Langston, elle se rembrunit. Le steward, qui la prenait visiblement pour la maîtresse d'un homme riche, était d'humeur bavarde :

— J'ai l'impression que vous n'êtes pas d'ici. Vous venez en visite ?

— Oui, répondit-elle avec un sourire avant de reporter son attention sur le hublot.

Le steward n'insista pas et s'éloigna, curieux de savoir quel millionnaire pouvait entretenir une aussi belle femme.

Lorsqu'elle émergea de l'appareil, un vent sec fit voleter ses cheveux blonds. Il n'y avait pas de rampe couverte, dans ce petit aéroport. Elle remonta le col de son manteau et scruta la foule pour voir si quelqu'un était venu la chercher. Inconsciemment, elle cherchait Jeth. Il n'y avait personne de sa stature à l'intérieur du terminal. Les seuls regards qu'elle croisa furent admiratifs. *Ce goujat n'a envoyé personne !* songea-t-elle, désemparée. Était-ce un avant-goût du sort qui lui était réservé ?

Elle se rendit à la cafétéria pour réfléchir à la suite des événements devant un bon café. Elle n'avait qu'à louer un véhicule en espérant que quelqu'un du ranch voudrait bien le rendre pour elle. Alors qu'elle pensait avec nostalgie à sa vieille Volkswagen, quelqu'un lui tapota l'épaule.

Étonnée, elle leva les yeux vers un jeune homme dégingandé d'à peu près son âge, en jean ample, avec des bottes usées et un gilet molletonné sans manches. Son chapeau poussiéreux était relevé sur ses cheveux blonds et bouclés.

— Oui ?

— Vous êtes Mlle Martin ? demanda-t-il d'un air renfrogné.

— En effet. Vous venez de La Tierra ?

— Ouais… Le patron m'envoie vous chercher.

— Tant mieux ! s'exclama Cara avec un sourire radieux, visiblement soulagée.

Mal à l'aise, le jeune homme se détourna. Il jouait les durs pour l'impressionner, sans doute sur ordre de son patron.

— Bon, on y va, grommela-t-il.

— J'ai deux ou trois choses à faire, d'abord…

Le jeune homme s'arrêta, glissa les pouces dans son ceinturon et la foudroya du regard :

— Quoi ?

— Pour commencer, je vais payer mon addition, répondit-elle aimablement. Ensuite, j'irai récupérer mes affaires au comptoir du fret. J'ai fait venir deux malles de Boston.

— Ce sera long ?

— Non, assura-t-elle. Moins long qu'un aller-retour pour les récupérer une autre fois.

— Bon... Ça ira, mais le patron m'a donné l'ordre de vous ramener directement au ranch. On est en pleine période de rassemblement du bétail, vous savez.

— Je l'ignorais, répondit la jeune femme d'un ton enjoué. Vous voulez bien prendre mes bagages le temps que j'aille régler ?

Le jeune homme ramassa le sac de voyage et la sacoche.

— Je m'appelle Cara.

— Moi, c'est Bill. Je préfère qu'on sympathise pas trop. Prenons vos affaires et allons-nous-en d'ici.

Piquée au vif, Cara se mura dans le silence.

— La Jeep est par là, indiqua Bill en sortant de l'aérogare.

— La Jeep ?

Un véhicule tout-terrain d'une propreté impeccable portait le nom du ranch inscrit en lettres jaunes sur les côtés. Le vent se levait et Cara n'avait guère envie d'un trajet en décapotable. Heureusement, elle avait pensé à glisser un foulard en laine dans son sac à main.

Concentré sur sa conduite, Bill fit une halte pour récupérer les deux malles, qu'il chargea sans un mot à l'arrière de la Jeep. Sans masquer son impatience, il regarda sa passagère nouer son foulard sur sa tête.

— On y va, maintenant. On est déjà en retard.

Tandis qu'ils filaient sur l'autoroute en direction de l'ouest, Cara agrippa la portière d'une main et retint son foulard de l'autre. Au bout de quelques kilomètres à peine, Bill s'engagea sur une route à deux voies. Le vent qui piquait les yeux et les joues de la jeune femme rendait impossible toute conversation. Elle se résigna à contempler le paysage, qui n'était pas très gai, en cette fin d'hiver. Parmi les rares traces de végétation surgissant de la terre sableuse, elle reconnut les mesquites que Ryan lui avait décrits. Ils ne fleurissaient qu'après les dernières gelées, lui avait-il expliqué, et étaient les seuls que la nature ne pouvait tromper. Cara ignorait à quoi ressemblaient leurs fleurs, mais à en juger par l'absence de couleur, l'hiver n'était pas terminé.

Soudain, Bill bifurqua pour s'enfoncer dans la plaine.

— Un raccourci ! lança-t-il en accélérant.

À l'arrière du véhicule, les malles se mirent à tressauter de façon inquiétante. La première ornière risquait de leur faire perdre une partie du chargement. Le jeune homme prenait un malin plaisir à malmener sa passagère qui comprit vite le petit jeu auquel il se livrait.

— Arrêtez immédiatement ! lui ordonna-t-elle.

Comme il ne réagissait pas, elle s'empara de la clé de contact. Stupéfait, Bill se tourna vers elle.

— À présent, écoutez-moi bien, sale petit morveux ! Vous semblez oublier que je possède désormais la moitié de La Tierra Conquistada. Vous allez lever le pied, histoire d'arriver à destination sans encombre. Sinon, j'userai de mes prérogatives. C'est clair ?

Bill parut se demander si elle bluffait. En croisant le regard furibond de la jeune femme, il comprit qu'elle ne plaisantait pas.

— Oui, madame, bougonna-t-il en tendant la main pour récupérer sa clé de contact.

Finalement, au cœur de nulle part, une vaste structure blanche se profila au loin, tel le Taj Mahal au milieu du désert. La clôture métallique contrastait avec les pâturages qu'elle bordait et les robustes bovins roux qui paissaient çà et là. La Jeep s'engagea sur une voie pavée menant sans doute à l'édifice étincelant qui trônait au cœur des plaines.

— C'est ici que commence le ranch ? s'enquit-elle, impressionnée.

Le jeune homme la regarda d'un air de dédain :

— Nous sommes à La Tierra depuis que nous avons quitté l'aéroport, déclara-t-il avec une note de fierté dans la voix.

Ryan lui avait parlé de la loyauté des employés du ranch. Nombre d'entre eux représentaient la quatrième génération de cow-boys travaillant pour les Langston. Bill en faisait-il partie ? Cela expliquerait le mépris qu'il s'évertuait à afficher. Au bout de plusieurs kilomètres, ils atteignirent une immense grille en fer forgé flanquée de deux piliers en grès tout aussi monumentaux. Les initiales de la Tierra Conquistada figuraient au centre, de manière à être séparées quand les deux battants s'ouvraient.

— Le patron a voulu exprimer que la moitié du ranch était à lui et l'autre à son frère.

Ces paroles ramenèrent la jeune femme à une réalité qu'elle avait presque oubliée tant elle était fascinée par son nouvel environnement : Jeth Langston. La perspective de revoir cet homme hostile ivre de vengeance lui glaçait les sangs. Elle contempla cependant les lauriers-roses qui bordaient l'allée et qui, contrairement aux mesquites, commençaient à éclore. Cara imagina la splendeur de la profusion de fleurs qui accueillerait bientôt les visiteurs en s'inclinant sous le vent tels des courtisans.

L'allée débouchait sur l'entrée monumentale de la maison en stuc et en tuiles rouges caractéristique de l'architecture d'inspiration espagnole héritée des premiers colons. Au lieu d'une structure basse aux murs très épais, elle découvrit une somptueuse demeure sur deux niveaux, dont l'étage était ceint d'une galerie en fer forgé à laquelle on accédait par des portes-fenêtres. *Intéressant*, songea Clara, *et très impressionnant, mais sans âme...* Elle se rappela que les parents de Ryan étaient morts avant d'avoir pu occuper les lieux.

— Il n'y a personne ? demanda-t-elle à Bill.

Exaspéré, le jeune homme se débattit avec ses malles qu'il déposa sous le porche, puis il sonna à la porte.

— Tout le monde est occupé par les préparatifs du rassemblement du bétail, dans les hautes terres, expliqua-t-il, visiblement pressé de rejoindre ses collègues.

Cara se protégea les yeux du soleil pour observer les montagnes qui se dressaient au nord, loin de l'oasis qu'était le ranch.

— Les hautes terres ? Ce doit être là-bas, non ?

— Ben, oui ! railla Bill. On voit que vous débarquez de la ville, vous !

— Je le crains, admit-elle avec un sourire, déterminée à faire bonne figure.

Avant qu'elle ne puisse s'enquérir du patron, la lourde porte à double battant s'ouvrit. Une

Mexicaine sans âge, encore plus menue qu'elle, au visage buriné et austère, la toisa froidement.

— Elle est arrivée, Fiona ! annonça Bill d'un ton lugubre, comme s'il évoquait une tempête.

Cara observa la gouvernante dont Ryan parlait avec tant d'affection.

— Je vois ça, répliqua-t-elle sèchement, avant de se détourner. Prends ses affaires, Bill, et monte-les dans la première chambre à gauche. Ensuite, tu ferais bien de filer à Diablo Canyon. Il a capturé Diable, mais le bougre a réussi à se dégager du lasso et à s'enfuir. Il n'est pas de bonne humeur.

Voilà qui ne présage rien de bon, songea Cara, même si elle ne saisissait pas tout de ce qu'elle racontait. Sans doute parlait-elle de Jeth Langston. Devait-elle se réjouir de ne pas avoir été accueillie par le maître de cet empire isolé en plein désert ? Peut-être valait-il mieux se débarrasser au plus vite de cette confrontation initiale afin de vivre ensuite chacun de leur côté.

Tandis que Bill la croisait avec les bagages, Fiona posa un regard hostile sur Cara.

— Vous pouvez entrer, lui dit-elle.

— Merci, répondit la jeune femme d'un ton aimable.

En franchissant le seuil, elle fut frappée par l'austérité quasi monastique des lieux. Un mausolée, disait Ryan. Immense et silencieuse, la maison semblait triste, presque menaçante, avec ses meubles rares mais fonctionnels, sans tableaux ni portraits pour donner un peu de relief aux murs blancs. Dans toutes les pièces visibles depuis le vestibule, le sol en granit était froid, aseptisé.

— Venez ! ordonna Fiona qui l'attendait au pied de l'escalier.

La gouvernante la conduisit dans une chambre qui surprit Cara : elle décela une touche féminine dans les tons gris et jaune, les couleurs fétiches de La Tierra. L'inévitable sol carrelé était orné d'un grand tapis bouton d'or. Les rideaux et le dessus-de-lit étaient assortis aux banquettes qui trônaient devant les deux fenêtres flanquant la porte-fenêtre. Le grand lit à baldaquin était en chêne clair, comme les autres meubles – une coiffeuse, un secrétaire, une armoire et une commode. Deux fauteuils jaunes étaient disposés de part et d'autre de la cheminée, dans laquelle se trouvaient déjà des bûches. Du chêne, sans doute… Elle songea au commentaire de Ryan, le jour où elle était allée le chercher à l'aéroport.

Il avait déjà anticipé sa venue au Texas.

Ce souvenir l'attrista, au point qu'elle faillit ne pas remarquer que Fiona s'éclipsait.

— Euh… merci, lui dit-elle vivement. Cette chambre est superbe, très confortable et féminine. Est-ce celle de quelqu'un en particulier ?

Fiona avait déjà la main sur la poignée de la porte.

— Vous avez raté le déjeuner, maugréa-t-elle avant de disparaître sans prendre la peine de répondre à Cara.

La jeune femme se retrouva face à une porte close, dans le silence absolu. Ses angoisses vinrent l'assaillir. Elle observa ses bagages, qu'il fallait déballer, mais n'en avait pas le courage. Elle porta la main sur son pendentif. Une année entière cloîtrée entre ces quatre murs ? Et si personne ne lui adressait la parole ? Aurait-elle quelque part où se réfugier, fuir sa solitude et l'animosité de Jeth Langston et des autres ?

Chassant ces pensées de son esprit, elle ôta son manteau et se mit en quête des trois articles dont elle avait besoin pour retrouver le moral. D'abord, son sac de débris de verre polis par l'océan, qui scintillèrent au soleil de mars comme un trésor repêché au fond de l'océan. Ensuite, ses fragments de bois flotté ramassés en compagnie de Ryan, lors de leur dernière promenade à Devereux Beach. Le feu de cheminée serait réconfortant grâce à ce souvenir de chez elle… Enfin, elle sortit la photo des deux frères et effleura son visage, sous le verre, la gorge nouée par l'émotion. Elle ne parvenait toujours pas à croire qu'il était parti, qu'elle ne reverrait jamais son sourire juvénile, qu'elle n'entendrait plus son rire, qu'elle ne sentirait plus son bras sur ses épaules.

Il avait affirmé ne penser qu'aux intérêts de ceux qu'il aimait. *Jeth et moi,* songea-t-elle, déterminée à respecter les volontés de Ryan quoi qu'il lui en coûte.

En entendant un grondement digne d'un tremblement de terre, elle leva la tête et demeura un instant immobile. Puis elle posa le cadre sur la cheminée et sortit sur la terrasse qui donnait sur les montagnes. Le spectacle était aussi inoubliable qu'impressionnant.

Dans un bruit de tonnerre, une horde de chevaux, crinière au vent, descendait au galop vers le ranch. Des dizaines de cow-boys hurlants chevauchaient à leurs côtés en agitant leur chapeau et leurs lassos pour les empêcher de s'écarter du groupe.

Cara chercha des yeux leur destination, en vain. Fascinée par ce spectacle viril, presque bestial, elle longea la galerie jusqu'à avoir une vue plongeante sur un labyrinthe d'enclos.

Voilà donc où ils se rendaient, songea-t-elle. Soudain, elle eut de la peine pour ces bêtes superbes dont la liberté touchait à sa fin. Dans une cacophonie de claquements du cuir, de jurons, des cris et de hennissements, ils approchaient d'une série d'allées qui les mèneraient vers leurs enclos.

Cara était tellement captivée par ce spectacle qu'elle ne se rendit pas compte qu'on l'avait repérée. Un homme, puis un autre la désignèrent d'un signe de tête. Elle mit un moment à comprendre qu'elle était à l'origine du déclin progressif de l'activité. Aucun des hommes qui la regardaient ne la salua. Ils se contentèrent de la fixer et, même de loin, elle perçut leur hostilité.

Un cavalier fit volter son magnifique cheval bai pour voir ce qui distrayait ses hommes. Jeth Langston. Cara retint son souffle. Le maître des lieux demeura un instant immobile, à la regarder, sous le rebord de son chapeau noir. Comment avait-elle pu ne pas reconnaître ce dos puissant ? Soudain, l'un des chevaux, sentant une occasion de retrouver la liberté, se cabra et bondit hors du troupeau. D'autres le suivirent. Les hommes se lancèrent à leur poursuite. Le patron cria un ordre tout en déroulant une corde du pommeau de sa selle. Retenant son souffle, Cara le regarda foncer vers le rebelle en tournoyant son lasso au-dessus de sa tête. Dès qu'il fut proche de sa cible, il parvint à lui passer la corde sur l'encolure. Il remit le cheval dans le droit chemin sans un regard en direction de la maison. Les hommes reprirent leurs activités avec une énergie décuplée.

La jeune femme alla vite se réfugier dans sa chambre. Décidément, elle ne cessait de poser des problèmes à Jeth Langston ! Une étrange sensation était née dans le creux de son ventre, et elle n'avait rien à voir avec la peur d'être tenue pour responsable de l'incident. En dépit de la fraîcheur ambiante, elle sentit soudain ses joues s'embraser. Elle se mit à déballer ses affaires avec énergie pour chasser de son esprit la silhouette imposante de ce cavalier dont elle avait senti la haine en dépit de la distance qui les séparait.

Chapitre 5

Le soleil s'était couché et les voix des cow-boys s'étaient tues. Les vêtements de Cara étaient rangés avec soin dans le dressing quand elle entendit un coup frappé à la porte de sa chambre.

— Entrez !

Fiona apparut sur le seuil. Elle avait troqué son jean délavé et sa chemise en flanelle contre une robe en coton qu'elle portait sous un tablier blanc amidonné. En revanche, sa mine austère n'avait pas changé.

— Le patron peut vous voir maintenant, bougonna-t-elle.

Le patron ?

— J'arrive dans quelques minutes, répondit Cara en espérant ne rien trahir de son trouble.

— Je vous conseille de ne pas le faire attendre, señorita, prévint la domestique avant de refermer la porte.

Il patientera le temps que je me rafraîchisse un peu, songea la jeune femme. Pas question de l'affronter avec cette mine de déterrée. Elle se maquilla et brossa ses cheveux, qu'elle laissa lâchés, comme à son habitude. La jupe de son tailleur et son pull feraient l'affaire.

— Voilà, dit-elle à voix haute, satisfaite de son reflet dans le miroir. Ryan, sois avec moi…

Fiona l'attendait au pied de l'escalier. La mine impassible, elle la regarda descendre.

— Il est là-dedans, fit-elle avec un signe de tête.

Hésitante, Cara se demanda un instant si la gouvernante devait l'annoncer, mais Fiona s'éloigna vers les tâches qui l'attendaient, non sans lui lancer un regard réprobateur par-dessus son épaule. Comprenant qu'elle était seule au monde, la jeune femme frappa avec aplomb à la lourde porte à double battant.

— Entrez ! tonna la voix grave désormais familière.

Elle respira profondément avant de pénétrer dans le sanctuaire de Jeth Langston. Dans un premier temps, elle ne le distingua pas dans la pénombre. Outre la lueur du feu, seule une lampe posée sur un bureau massif éclairait la pièce ornée de boiseries. Le fauteuil en cuir était vide. Près de la cheminée, Jeth allumait un cigare à l'aide d'une brindille rougeoyante. Il souffla un nuage de fumée dont l'odeur rappela à Cara son étreinte et ses lèvres exigeantes, à Dallas.

— Bonsoir, dit-elle.

Il se retourna et la toisa de ses yeux gris. La jeune femme resta plantée au milieu de la pièce, les bras ballants. Les flammes de la cheminée projetaient des ombres sur le visage dur de son hôte, soulignant ses pommettes hautes et l'éclat métallique de son regard. Il portait un pantalon de toile décontracté et une chemise bleu foncé. Ses superbes bottes en cuir noir étincelaient. Il ôta son cigare de sa bouche et tendit la main vers un verre en cristal ciselé posé sur la cheminée.

— Bienvenue à la Tierra Conquistada, railla-t-il en levant son verre d'un air moqueur.

— Merci, répondit-elle, impassible.

Jeth esquissa un rictus sans joie.

— Je vois que vous avez survécu à la conduite sportive de Bill.

— En effet. Le trajet s'est révélé… à la hauteur de l'accueil auquel je m'attendais.

— Ravi de ne pas vous avoir déçue, mademoiselle Martin.

— Je doute que ce soit possible, monsieur Langston.

Leurs regards se croisèrent comme s'ils étaient sur le point de se battre en duel. Puis Jeth s'approcha de son bureau et reprit plus aimablement :

— Asseyez-vous, mademoiselle Martin. Cette conversation risque de se prolonger.

— J'espère que non, rétorqua-t-elle. Je suis très fatiguée.

— Dans ce cas, un verre de vin s'impose. Je crois savoir que vous ne buvez pas d'alcools forts.

Ignorant son étonnement, il appuya sur un bouton et lui fit signe de s'asseoir dans un fauteuil en cuir, en face du sien. Cara obéit, les nerfs à fleur de peau. Le ton subtilement condescendant de Jeth l'exaspérait. Un peu de vin lui permettrait peut-être de se détendre un peu. Le maître des lieux s'assit confortablement, son cigare dans une main, un verre dans l'autre. Cara vit scintiller les diamants de sa chevalière.

— Votre chambre est-elle à votre convenance ? Elle est assez spacieuse, j'espère.

— Absolument. Elle est superbe, très féminine. Elle… elle semble avoir été décorée spécialement pour quelqu'un. Est-ce le cas ?

— Non. Elle est réservée aux invitées de passage...

En d'autres circonstances, ces propos auraient semblé anodins, mais le sous-entendu graveleux de Jeth ne lui échappa pas. Il observa d'un air amusé les joues empourprées de Cara. *Le monstre*, songea-t-elle. Bien des femmes succombaient sans doute à cette virilité un peu brusque. La chambre d'amies ne devait pas souvent être vide.

— C'est aimable à vous de me permettre de l'occuper, monsieur Langston. J'espère ne pas chasser vos invitées féminines…

— Loin de là. Je n'aurai aucun mal à leur trouver une autre chambre...

La jeune femme s'empourpra davantage. C'est avec soulagement qu'elle vit Fiona lui apporter un verre de vin sur un plateau.

— Merci, Fiona.

La gouvernante s'inclina et quitta la pièce en silence. Jeth but une gorgée de whisky en attendant que sa convive goûte son vin.

— Excellent, commenta-t-elle.

— Je suis ravi qu'il soit à votre goût. J'en ai commandé une caisse à votre intention. Je sais que vous avez des connaissances dans ce domaine.

Cara ne masqua pas son étonnement face à tant de prévenance.

— Comment est-ce possible si Ryan ne vous a jamais parlé de moi ?

— Allons, mademoiselle Martin, dit-il en prenant un dossier posé sur son bureau. L'un des avantages de la richesse est qu'elle permet de se renseigner sur ses ennemis.

Il avait engagé un détective ! Elle posa son verre avec soin et se leva.

— De quel droit osez-vous violer ainsi ma vie privée ?

— Sachez que j'oserai tout ce qui me plaira, et quand je dis tout, vous feriez bien de me croire. Alors soyez gentille, asseyez-vous, avant que je vous le prouve, et pour mon plus grand plaisir…

Ivre de colère et de désespoir, Cara obtempéra. Jeth ouvrit le dossier, imperturbable, et parcourait plusieurs pages avant de l'informer de leur contenu.

— Vos parents sont morts tous les deux la même année, quand vous étiez étudiante, n'est-ce pas ?

Cara ne répondit pas. Son verre à la main, elle se carra confortablement dans le fauteuil en cuir. Pourquoi était-elle contrariée qu'il connaisse son histoire ? Elle n'avait rien à se reprocher.

— Je comprends votre mutisme, mademoiselle Martin. Ce deuil doit être douloureux. Passons à autre chose. Votre famille avait contracté de nombreuses dettes dont vous avez hérité. Il semble que votre père était un esthète, un aristocrate oisif pour qui gagner sa vie en travaillant était une responsabilité bien trop dégradante. Il a préféré dilapider une fortune amassée par ses ancêtres et, après l'avoir épuisée, vivre à crédit.

Jeth s'interrompit sans lever les yeux du dossier. Cara y vit l'occasion pour elle se défendre sa famille et réfuter ces accusations. Elle avait deviné juste : il méprisait ses parents. Elle préféra garder le silence.

— Votre père n'ayant pas pris la précaution de souscrire une assurance vie, vous vous êtes retrouvée sans le sou. Vous avez donc décidé de laver l'honneur de la famille. Quelle noblesse ! Et vous avez travaillé dur pendant plusieurs années dans une bibliothèque. Ce n'était pas votre vocation première, il me semble. Peu à peu, vous avez remboursé vos dettes, en menant une vie frugale, en vous accordant très peu de frivolités.

Jeth leva les yeux et observa les vêtements coûteux de la jeune femme.

— Ensuite, reprit-il posément, vous avez rencontré mon frère…

Il l'observa encore. Cette fois, il n'avait plus du tout l'air affable. Son regard noir ne présageait même rien de bon.

— Qu'est-ce que vous sous-entendez par là ? demanda-t-elle, sur la défensive.

— Rien, mademoiselle Martin. Je constate que vous avez vu en mon frère un moyen de rembourser vos dettes. Vous en aviez assez de vivre dans un petit studio, marre de vos vêtements usés, de votre vieille voiture et de vos fins de mois difficiles. Vous saviez que Ryan était condamné et combien il respectait l'intégrité. Il n'a pas souvent eu l'occasion de croiser des gens intègres, surtout dans ses rapports avec les femmes. C'était très rusé de votre part de lui avoir fait croire que vous aviez trop de principes pour le laisser éponger vos dettes de son vivant. Vous avez veillé à ce qu'il les règle après sa mort !

— Non ! s'exclama Cara en se levant d'un bond. Vos accusations sont indignes et injustifiées ! J'ignorais que Ryan était mourant ! Je n'étais pas…

Elle voulait dire qu'elle n'était pas au courant du testament, mais elle devait veiller à ne pas révéler les véritables raisons de sa présence dans le feu de l'action.

— Monsieur Langston, je sais que les apparences sont contre moi…

— D'où viennent donc les vêtements de luxe que vous portez ?

Cara le regarda de biais. Elle ne voyait pas le rapport.

— Pardon ?

— C'est Ryan qui vous les a achetés, n'est-ce pas ? De même que…

Il consulta son dossier.

— … un manteau doublé de zibeline que vous portiez lors de votre arrivée, si je ne m'abuse.

Abasourdie, elle se contenta de le fixer. Il venait de la prendre dans ses filets avec la même aisance qu'il avait attrapé le cheval sauvage, l'après-midi même.

— Cela ne vous regarde pas, déclara-t-elle enfin. Croyez ce que vous voulez.

Comment le convaincre de sa bonne foi ? Ce serait une perte de temps et d'énergie face à ce magnat imbu de lui-même. Le vin commençait à lui tourner la tête, d'autant qu'elle n'avait rien mangé de la journée. Elle posa son verre sur le bureau.

— Bonsoir, monsieur Langston. Cet entretien est terminé.

— Pas encore, mademoiselle Martin. Et si vous ne vous rasseyez pas, je ferai le tour de ce bureau pour vous y contraindre.

— Si vous faites cela, je crie au meurtre, espèce de goujat ! Quelle arrogance ! C'est à se demander par quel miracle vous pouvez être du même sang que Ryan ! C'est un miracle qu'il faudrait homologuer. Cela dit, nul ne s'y intéresserait, en dehors du Texas, qui n'est pas le centre de l'univers, contrairement à ce que vous semblez croire !

Soudain, le bureau se mit à tourner. Le grand fauteuil en cuir était vide. Où était passée cette brute de Jeth Langston ? Il se trouvait près d'elle et la prenait gentiment par le bras pour l'aider à s'asseoir.

— À quand remonte votre dernier repas ? bougonna-t-il.

— Hier soir, je crois, fit-elle d'un air pensif. Ah non, j'ai mangé quelques morceaux de melon ce matin. Pourquoi cette question ?

Elle porta un regard soupçonneux sur sa haute silhouette. Était-ce son imagination ou ses yeux gris exprimaient-ils quelque chose qui confinait à l'humour ?

— Parce qu'un demi-verre de vin suffit à vous enivrer. Finissez-le et bavardons encore un peu. Ensuite, Fiona vous montera un plateau dans votre chambre.

Une idée vint soudainement à l'esprit de la jeune femme :

— J'espère que vous n'allez pas me confiner dans ma chambre ! Aurai-je le droit d'en sortir et de circuler dans la maison ?

Jeth s'assit sur le bord du bureau et la toisa sans vergogne, admirant ses traits réguliers, ses cheveux soyeux, ses seins ronds que moulait son pull en cachemire. Il lui avait ordonné de boire. D'où lui venait cette autorité naturelle ?

— Vous pouvez aller et venir à votre guise, mais restez à distance des enclos. L'incident de cet après-midi démontre que vous semez le trouble partout où vous passez.

— Je… je regrette, bredouilla-t-elle, les yeux rivés sur son verre. J'ignorais que je pouvais faire fuir ces chevaux. J'étais tellement loin…

— Pas assez pour éviter de distraire mes hommes de leur travail. Je ne le permettrai pas. Les cow-boys ont des accidents lorsqu'ils ne sont pas concentrés. Les animaux aussi. Je ne veux pas vous voir près des enclos de débourrage au cours des prochains jours, ni sur la terrasse.

— Que comptez-vous faire à ces chevaux que vous avez ramenés ? Les débourrer ?

— Oui. Nous en aurons besoin pour le rassemblement du bétail, dans les semaines à venir.

Pourquoi Cara exprima-t-elle alors ses pensées à haute voix ? Pas à cause du vin, mais plutôt de la posture de Jeth qui, perché sur son bureau, lui donnait des ordres comme un seigneur à son vassal.

— C'est dommage, dit-elle en feignant l'innocence, que vous ayez perdu ce cheval que vous teniez tant à capturer. Diable… un nom digne de vous, je trouve.

Piqué au vif, il se figea. Sa tension était palpable.

— Prenez garde, mademoiselle Martin, prévint-il d'une voix douce qui lui donna la chair de poule.

— J'en ai l'intention, assura-t-elle en ignorant délibérément le sous-entendu. La prochaine fois, je me méfierai des effets de ce vin délicieux.

Jeth observa le beau visage tourné vers lui et, d'un geste mesuré, il lui prit le verre des mains.

— Vous devriez partir, maintenant. Montez dans votre chambre. Fiona va vous apporter votre repas.

— C'est très aimable, dit-elle posément, avec un sourire qui devait plus à l'alcool qu'à la sincérité.

Alors qu'il la suivait jusqu'à la porte, elle s'arrêta soudain.

— Au fait, monsieur Langston…

Sans savoir comment, elle se retrouva prisonnière de ses bras. Il la plaqua contre son torse désormais familier et plongea dans son regard.

— Oui, mademoiselle Martin ?

— Où est enterré Ryan ?

Il baissa les bras si brutalement qu'elle faillit chanceler contre la lourde porte.

— À La Tierra, répondit-il froidement. Là où il aurait dû mourir.

Cette nuit-là, Cara dormit profondément. Ses rêves oscillèrent entre deux univers flous où se mêlaient les hennissements des chevaux et les cris des mouettes. Ryan ne cessait d'apparaître. À chaque fois, elle l'appelait, heureuse, et lui courait après sur une plage, mais il disparaissait dans les vagues et l'océan venait effacer ses traces de pas dans le sable. « Ryan, Ryan ! » lançait-elle en agitant les bras, déçue et peinée. Une fois, quelqu'un vint vers elle, telle une ombre qui la dominait de sa hauteur, en murmurant son prénom. La silhouette se pencha et la libéra des tentacules qui l'attiraient vers de profondes eaux chaudes, là où elle pleurait, le cœur gros, en quête d'un bonheur inaccessible.

Le lendemain matin, Cara se réveilla dans une chambre inondée de soleil. La veille, elle avait oublié de tirer les rideaux, ce qui n'avait rien d'étonnant, tant elle était épuisée. Elle s'attarda au lit, le temps de se rappeler où elle se trouvait et les événements qui l'avaient menée en ce lieu. Les vestiges de ses rêves s'évaporèrent, lui laissant l'impression d'avoir lutté contre ses cauchemars plus qu'elle n'avait dormi. Elle avait le visage moite, comme après avoir pleuré.

À peine s'était-elle levée qu'elle entendit les sons des chevaux et des hommes. Elle se souvint que Jeth lui avait formellement interdit de s'approcher des enclos de débourrage.

— Très bien, dit-elle à voix haute au portrait de Ryan qui trônait sur sa table de chevet. Je vais pouvoir explorer le reste du ranch sans risquer de croiser ton frère !

Vêtue d'un pantalon de toile et d'un chemisier cintré, elle se demanda où prendre son petit déjeuner. Son dîner de la veille était excellent, mais trop fatiguée et légèrement éméchée, elle y avait à peine touché. À présent, elle était affamée. Aurait-elle le droit de prendre ses repas en dehors de sa chambre ? Puis elle fut saisie par une pensée effrayante. Elle se rappelait clairement avoir posé le portrait sur la cheminée juste avant d'aller voir d'où venait le grondement étrange. Elle n'y avait pas touché depuis, elle en avait la certitude. Et quand Fiona était venue la chercher, la veille, elle y avait à peine jeté un coup d'œil.

Alors que faisait le cadre sur sa table de chevet ?

Déconcertée, Cara enfila un pull assorti à son pantalon et sortit dans le vaste couloir. Sans gouvernante renfrognée pour guetter le moindre de ses mouvements, elle put examiner à loisir son nouvel environnement. Face à sa chambre, une série de fenêtres en arcade laissaient entrer la lumière. Elle alla regarder par l'une d'elles. Comme elle s'y attendait, la demeure était bâtie dans le style d'une hacienda, avec une immense cour carrelée et verdoyante ceinte d'un mur.

Une piscine olympique aux eaux limpides, entourée d'un dallage coloré qui étincelait au soleil, dominait le paysage. En retrait se dressait une dépendance à la toiture en tuiles rouges semblables à celle de la maison principale, ainsi qu'un espace de détente doté d'une estrade. De l'autre côté, elle découvrit un barbecue en briques surmonté d'un toit en carreaux du même jaune que les parasols de la terrasse. D'autres meubles de jardin et des plantes tropicales en abondance procuraient de l'ombre et complétaient ce tableau d'opulence.

La piscine rappela à Cara que Jeth avait eu l'ambition d'être champion de natation, un rêve auquel il avait dû renoncer en prenant la responsabilité de La Tierra et de son frère cadet. Ryan lui avait confié qu'il nageait encore tous les jours, par tous les temps, ce qui expliquait ce corps ferme et musclé.

Elle suivit un couloir en forme de fer à cheval en direction de l'autre aile du bâtiment, puis s'arrêta devant une lourde porte à double battant menant à une pièce occupant toute la largeur de l'étage supérieur. *La chambre de Jeth*, songea-t-elle, regrettant qu'elle ne se trouve pas dans l'autre aile afin qu'elle ne soit pas obligée de l'entendre passer devant sa porte chaque soir.

En descendant les marches, elle croisa une jeune Mexicaine qui lui sourit, les bras chargés d'une pile de draps.

— *Buenos dias, señorita.*

Cara se réjouit de cette première marque de sympathie depuis son arrivée à la Tierra.

— Bonjour, répondit-elle avec entrain.

Hélas, l'employée fila dans l'escalier avant qu'elle n'ait eu le temps de se présenter, comme si elle avait reçu l'ordre de ne pas parler à l'intruse. Ignorant son pincement au cœur, Cara poursuivit son chemin vers ce qu'elle imaginait être la cuisine. Elle trouva Fiona devant un plan de travail impeccable, en train d'émincer des oignons et des poivrons. Une appétissante odeur de café flottait dans l'air.

— Bonjour, Fiona, dit-elle poliment. Puis-je me servir une tasse de café ?

Pour toute réponse, la gouvernante pointa son couteau en direction de la cafetière posée sur le fourneau.

— Merci, insista Cara. Dois-je prendre mes repas dans ma chambre ou bien puis-je descendre à la cuisine ? Je suis certaine que… le patron ne tient pas à ma compagnie.

Voyant qu'elle n'obtenait toujours pas de réponse, elle persista :

— Il serait dommage que vous soyez obligée de me monter un plateau. En fait, je pourrais préparer moi-même mes…

Cette suggestion capta enfin l'attention de l'impassible Fiona qui la fusilla du regard.

— C'est ma cuisine ! s'exclama-t-elle en désignant sa propre personne de son couteau. Je suis la seule à m'en servir. Vous pouvez manger ici, mais pas… cuisiner !

Cara sourit de la détermination de la gouvernante et bredouilla les quelques mots d'espagnol qu'elle connaissait :

— *Gracias. Yo comprendo.*

Sans lui demander son avis, Fiona lui prépara un plantureux repas texan : une omelette aux tomates et aux poivrons accompagnée d'une sauce épicée, de tortillas fraîches et d'une petite pièce de bœuf si tendre qu'un couteau était presque superflu.

— Vous cuisinez aussi bien que vous tenez cette maison, Fiona, commenta la jeune femme quand elle eut terminé.

La gouvernante ne réagit pas à ce compliment pourtant sincère. Durant le repas, elle avait gardé le dos tourné, en surveillant Cara du coin de l'œil. Plusieurs employés mexicains étaient entrés par la porte de service. Étonnés par sa présence, ils avaient hoché poliment la tête avant de s'adresser à Fiona en espagnol. Quelques domestiques avaient évoqué leurs tâches tout en échangeant – elle n'en doutait pas – leurs avis sur l'intruse.

Avec un soupir, elle porta sa tasse de café dans la vaste salle à manger. Là encore, elle se sentit oppressée par l'atmosphère glaciale. La pièce donnait sur une alcôve. Les meubles coûteux n'avaient manifestement jamais servi. Même le soleil qui entrait par une large fenêtre ne parvenait pas à réchauffer l'atmosphère spartiate.

Cara traversa le hall d'entrée pour gagner le salon qu'elle avait traversé la veille en gagnant le bureau de Jeth. Dans un coin trônait un piano qui lui coupa le souffle. Un Steinway ! Un authentique Steinway ! Elle posa sa tasse sur une table en marbre et se précipita vers l'auguste instrument inondé de lumière.

Elle souleva le couvercle avec révérence et effleura les touches d'ivoire, s'imaginant déjà leur sonorité divine. Cara prit place sur le tabouret. Cela faisait longtemps qu'elle n'avait pas joué. Elle plia les doigts, puis se lança dans des arpèges pour prendre la mesure de l'instrument. Emportée par les accords d'un concerto de Chopin, elle jouait depuis quelques minutes à peine quand Fiona apparut à côté d'elle telle une furie. Cara leva les yeux vers elle et eut à peine le temps d'ôter les mains du clavier avant que la gouvernante ne rabatte brutalement le couvercle.

— Qu'est-ce qui vous prend ? s'exclama la jeune femme, dont la colère monta d'un cran.

— Il est à madame ! s'écria Fiona. N'y touchez pas ! Il est à madame, pas à la traînée de Ryan !

Cara se leva d'un bond, tremblante de rage. Comment cette femme osait-elle l'injurier ? Et surtout, elle lui en voulait de la priver du plaisir indicible de cet instrument qui lui aurait permis de s'échapper de son confinement. Elle se posta face à la gouvernante.

— Ne me refaites jamais ça, Fiona, déclara-t-elle d'une voix posée et pleine d'assurance. Jamais !

Sur ces mots, elle abandonna Fiona et quitta la pièce pour monter à l'étage. Une fois dans sa chambre, elle tremblait tellement qu'elle se mit à chercher une veste chaude dans sa valise. La pièce avait été rangée. Elle entendait toujours les hommes s'activer dans les enclos, mais il fallait qu'elle sorte de cette maison. Il devait y avoir un endroit, dans cette propriété, où elle pouvait se rendre sans contrarier personne.

Elle s'éloigna en direction d'une petite butte verdoyante, au loin. Les mains sans les poches, elle leva le visage vers le soleil et l'offrit au vent sec qui balayait les plaines. Elle peinait à contenir la frustration qui la rongeait. Comment vivre avec un Steinway sans pouvoir en jouer ? Il était criminel qu'un tel instrument soit plus un monument aux morts qu'une source de joie pour les vivants.

Elle ne s'était pas rendu compte à quel point le piano qui ornait sa maison d'enfance lui manquait. C'était sur cet instrument qu'elle avait appris la musique qui, plus tard, lui avait apporté tant de consolation. Le jour de la vente de son Steinway, elle avait marché sur la plage pendant des heures en pleurant la perte de cet ami de toujours. Son entrevue avec Fiona lui laissait un goût amer. Elle qui espérait apprivoiser l'irascible gouvernante, avec le temps… Son dévouement à La Tierra était aussi impressionnant que sa capacité de travail. Elle doutait de pouvoir l'amadouer, désormais…

Au pied de la butte, une quantité intrigante d'arbres et d'herbes au cœur d'un paysage par ailleurs désertique attira l'attention de Cara. En levant les yeux vers le sommet, elle distingua au milieu des branches duveteuses des mesquites ce qui ressemblait à une grille et fer forgé. Elle en eut le souffle coupé. Lui revint en mémoire la réponse de Jeth, la veille, quand elle lui avait demandé où reposait Ryan. À La Tierra, là où il aurait dû mourir.

Certaine de ne pas se tromper, elle monta jusqu'à la grille qui s'ouvrait sur un petit cimetière privé. De l'herbe printanière poussait entre les pierres. En voyant la terre fraîchement retournée d'une sépulture récente, Cara réprima un sanglot. La pierre était encore intacte.

— Ryan ! Je suis venue, lança-t-elle en avançant d'un pas chancelant. Je suis là !

Chapitre 6

Combien de temps resta-t-elle assise par terre, recroquevillée sur elle-même, le front posé sur ses bras croisés ? Difficile à dire. Percevant une présence, elle leva les yeux et remarqua une paire de bottes noires ornées d'éperons argentés, derrière la tombe de Ryan.

Surprise, elle retint son souffle. Tout de noir vêtu, l'air menaçant sous son Stetson, Jeth Langston ressemblait à quelque dieu en colère et ivre de vengeance. Cara se releva sans qu'il lui propose son aide et se prépara à essuyer la tempête qui s'annonçait. Face au silence qui s'éternisait entre eux, la jeune femme déclara d'un ton enjoué :

— À vous l'honneur de tirer le premier !

— Mademoiselle Martin, vous êtes une fauteuse de troubles.

— Vous faites sans doute allusion à mon entrevue avec Fiona, à propos du Steinway. Elle est allée se plaindre à son patron… Sa réaction me surprend. J'aurais juré qu'elle était femme à livrer elle-même ses batailles.

— Vous auriez gagné votre pari. Fiona ne m'a rien rapporté sur vous. J'ai surpris votre échange en venant voir qui se permettait de jouer sur le piano de ma mère.

Cara épousseta son pantalon maculé de terre.

— Pour quel crime allez-vous me réprimander ? Pour avoir joué sur le piano de votre mère ou insulté Fiona ?

— Ni l'un ni l'autre, répondit-il froidement. Vous êtes une femme intelligente. Je suis sidéré par votre inconscience de la situation délicate dans laquelle vous vous trouvez à La Tierra.

— Je comprends parfaitement la délicatesse de ma situation ! J'ai vu qu'il s'agissait d'un Steinway. Il ne m'est pas venu à l'idée qu'il avait appartenu à votre mère.

— Dans ce cas, évitez de prendre des libertés avec mes biens personnels, mademoiselle Martin. À moins d'avoir ma permission, bien sûr. C'est clair ?

— Absolument, dit-elle, la mine renfrognée.

Elle aurait voulu attribuer les larmes qui embuaient ses yeux au vent ou au soleil. Jeth dégageait quelque chose qui transcendait la peur qu'il lui inspirait, et remuait en elle des émotions étranges, inexplicables.

— C'est tout ? demanda-t-elle.

— Non, mademoiselle Martin. Puisque l'évidence vous échappe, je vais vous donner un petit conseil : ne vous faites pas une ennemie de Fiona, car vous avez besoin d'elle. Sachez qu'elle est dévouée corps et âme aux Langston, surtout au souvenir de ma mère. Elle est folle de rage qu'une usurpatrice s'en prenne aux biens de la famille. Vous asseoir au piano de sa patronne adorée fut pour elle un sacrilège qui…

— J'ai compris !

Incapable d'un supporter davantage, Cara se détourna pour ne pas trahir son désespoir. Elle se sentait si vulnérable face à ce malappris qui la regardait de haut. Jeth admira les reflets du soleil dans les boucles de la jeune femme, sa peau nacrée, la courbe de cou. Il la vit ravaler les larmes qu'elle était trop fière pour verser.

— Mademoiselle Martin, reprit-il d'un ton légèrement plus conciliant. Vendez-moi la part de Ryan et quittez La Tierra. Nous serons quittes et vous n'entendrez plus parler de moi. Vous n'aurez plus rien à redouter.

— Non ! s'obstina-t-elle.

— Vous cherchez la bagarre, comme tous les ennemis de La Tierra que j'ai soumis avant vous...

— Comme ces pauvres chevaux sauvages que vous allez chercher dans les montagnes, peut-être, rétorqua-t-elle avec dédain.

Elle avait de la compassion pour ces animaux superbes et fiers qui se voyaient imposer une selle et des éperons par la volonté de Jeth Langston.

— Pas du tout. À La Tierra, nous usons de la force avec les chevaux, mais jamais de la répression. Il n'en sera pas de même avec vous. Une fois que nos chevaux ont gagné leur nourriture en participant au rassemblement du bétail, ils sont libres de vagabonder librement jusqu'au rassemblement suivant. Vous, je ne vous laisserai pas profiter du butin de votre relation avec Ryan. Vous serez marquée au fer rouge.

Cara se tourna soudain vers lui.

— Vous ne récupéreriez pas vos terres ! lança-t-elle.

— Oh si ! Ne vous faites aucune illusion, dit-il en tournant les talons.

— Il existe pourtant un étalon qui vous a échappé, qui ne porte pas votre marque et que vous ne dresserez jamais…

Choquée par l'audace de ses propres propos, elle vit Jeth se figer, puis se retourner lentement. Dans son regard, elle lut la surprise, mais aussi le défi.

— Vous n'aurez pas sa chance, Cara Martin. Dois-je comprendre que c'est votre dernier mot, quant à mon souhait de vous voir quitter La Tierra ?

— Absolument !

Quelle imbécile elle était de le caresser à rebrousse-poil ! Elle avait tout à perdre à le contrarier.

— Dans ce cas, je me réjouis d'avoir votre présence sous mon toit, mademoiselle Martin. Ce soir, vous dînerez avec moi. Habillez-vous en rouge, une couleur qui vous sied à bien des égards. Je suis certain que, parmi les tenues que mon frère vous a achetées, vous trouverez une tenue appropriée.

— Pas question !

— Si vous voulez manger, vous viendrez. Ensuite, vous jouerez du piano pour moi. Présentez-vous dans mon bureau à 19 heures et nous boirons un verre. À présent, si vous voulez bien m'excuser, j'ai suffisamment perdu de temps pour aujourd'hui, conclut-il en tournant de nouveau les talons.

— Monsieur Langston ?

Avec un soupir d'impatience, il s'arrêta.

— Oui ?

— Est-ce que cet endroit... m'est également interdit ?

— Non. À moins que je m'y trouve, répondit-il sans se retourner.

Cara le regarda rejoindre d'un pas vif son cheval qui l'attendait au pied de la butte. Il semblait tellement sûr de lui... et d'elle.

La jeune femme passa le reste de la journée dans sa chambre. Elle écrivit à Harold St Clair pour l'informer qu'elle était toujours en vie, avec une note d'humour qu'elle était loin de ressentir. Ensuite, elle feuilleta un manuel d'apprentissage de l'espagnol qu'elle avait apporté, mais son esprit ne cessait de vagabonder. Au bout de quelques pages, elle sortit sur la terrasse ensoleillée. Ses pensées dérivèrent vers Ryan et la promesse qu'il lui avait soutirée, la laissant à la merci de la vengeance de son frère. Espérait-il jouer les entremetteurs ? C'était inconcevable ! Comment aurait-il pu ignorer l'accueil qui lui serait réservé...

Cara appréhendait le dîner en tête à tête. Elle avait envie de se rebeller contre le chantage odieux que Jeth exerçait sur elle. Hélas, elle devrait se joindre à lui, car ce monstre était capable de la priver de repas. Elle chercha dans son armoire la robe de soirée rouge qu'elle avait portée à Dallas. Comment pouvait-elle être aussi lâche ?

En fin d'après-midi, lasse d'être enfermée dans sa chambre, elle longea le couloir en fer à cheval en direction de l'autre aile de la maison. La porte d'une chambre était ouverte. Sachant qu'elle et Jeth étaient les seuls à résider à cet étage, elle regarda à l'intérieur.

La chambre de Ryan ! En dépit de sa taille, la pièce n'était pas totalement dénuée de chaleur. La bibliothèque que son frère lui avait fait construire sur mesure quand il avait commencé ses études de droit contenait encore ses ouvrages. L'atmosphère des lieux toucha une corde sensible. Cara sortit vivement et referma la porte derrière elle. Elle se sentait plus proche de Ryan au cimetière balayé par le vent du Texas.

Entendant un clapotis, elle s'approcha d'une des fenêtres donnant sur la cour. Une longue silhouette bronzée nageait sous l'eau de la piscine. Soudain, une tête brune remonta à la surface. Jeth entama des mouvements fluides, fendant l'eau sans effort de ses bras puissants. Cara recula, ne supportant pas de le regarder plus longtemps. Son cœur battait à tout rompre. Un trouble étrange naquit au creux de son ventre, l'obligeant à s'adosser au mur pour se ressaisir. Le désespoir la submergea. Même son propre corps l'abandonnait dans cette maison hostile !

À 18 h 59, Cara descendit l'escalier. Jeth était passé devant sa porte alors qu'elle finissait de se préparer. En entendant ses pas lourds dans le couloir, elle avait senti les battements de son cœur se suspendre. Si elle se savait à son avantage dans cette robe rouge qu'Harold avait tant admirée, elle manquait d'assurance. Elle prit une profonde inspiration et frappa à la porte du bureau, serrant contre son cœur le portrait encadré qu'elle avait apporté de Boston.

Jeth lui ouvrit. Il emplissait de sa carrure l'encadrement de la porte. Ses vêtements noirs soulignaient ses larges épaules et sa taille mince.

— Bonsoir, mademoiselle Martin, dit-il d'un ton moqueur.

Il la toisa lentement de ses yeux gris.

— C'est aimable à vous d'être venue.

— Avais-je vraiment le choix ?

— Non, admit-il, mais faisons comme si vous l'aviez.

Il s'effaça pour la laisser entrer.

— Je vous suggère de vous asseoir près du feu. Le vent du nord s'est levé et nous n'allons pas tout de suite passer à table.

Cara ne se fit pas prier. Elle était frigorifiée et avait les jambes en coton. Elle prit place dans l'un des fauteuils à haut dossier qui flanquaient la cheminée.

— Quand commence le printemps, au Texas ? s'enquit-elle.

Jeth se dirigea vers le bar. D'un seau à vin en argent dépassait le goulot d'une bouteille du même vin que celui qu'elle avait dégusté la veille. Elle le regarda la déboucher avant de l'envelopper d'une serviette blanche.

— Tout dépend de la région du Texas.

Il versa du vin dans un verre en cristal, puis se servit un bourbon et rejoignit la jeune femme près de la cheminée.

— Merci, déclara-t-elle en prenant soin de ne pas effleurer les doigts de Jeth. Vous disiez ?

— Le Texas est un État très vaste. Sur la côte, le printemps est déjà arrivé. Dans le Panhandle, il faudra attendre la fin mai. Ici, nous aurons de la chance si les dernières gelées surviennent avant Pâques.

— Le Texas a quelque chose d'impressionnant, voire d'écrasant, dit-elle avec un sourire poli, espérant qu'il ne prendrait pas la mouche.

— Comme ses habitants ? railla-t-il avant de s'asseoir en face d'elle.

— Ryan ne m'a jamais paru écrasant, assura-t-elle. Ce qui me fait penser... Je vous ai apporté ceci. Ryan y était très attaché. Il trônait sur sa cheminée.

Lorsque Jeth prit le cadre, le diamant de sa chevalière scintilla à la lueur de la cheminée.

— Ah oui... murmura-t-il, songeur. Je l'ai remarqué, hier soir.

Cara se redressa soudain.

— C'est donc vous qui l'avez déplacé ! L'ombre que j'ai vue dans mon rêve... c'était vous. C'est vous qui m'avez... sauvée.

— Vraiment ? répliqua Jeth, à la fois intrigué et cynique. Dans nos rêves, nous luttons contre de terribles démons, n'est-ce pas ? Vous étiez en train de hurler, en plein cauchemar. Je regagnais ma chambre quand je vous ai entendue, alors je suis entré. Je vous ai trouvée empêtrée dans vos draps. C'est en vous couvrant que j'ai aperçu le portrait.

— Je m'étonne que vous ayez pris cette peine...

Les yeux rivés sur la photographie, il répondit :

— Vous ne cessiez d'appeler Ryan... Ces derniers temps, cela m'arrive aussi, certaines nuits.

— C'est bien naturel, dit-elle, pleine de compassion.

Ryan avait raison. Jeth avait besoin d'une épouse aimante qui lui donnerait des enfants et qui transformerait ce mausolée en un foyer chaleureux.

Il posa le cadre sur la cheminée en pierre.

— Vous avez des seins magnifiques, déclara-t-il, laissant la jeune femme stupéfaite. Et généreux pour une femme aussi fluette.

Au souvenir de la nuisette diaphane qu'elle avait enfilée la veille, Cara avala son vin de travers et se mit à toussoter.

— Comment osez-vous ! s'insurgea-t-elle.

Jeth sortit un mouchoir en lin similaire à celui qu'il avait sorti à Dallas et qu'elle ne lui avait pas encore rendu.

— Vous n'aviez pas le droit de m'épier durant mon sommeil !

— Pourquoi pas ? Ne commencez plus jamais une phrase par « comment osez-vous », mademoiselle Martin. Vous êtes ici chez moi, sur mes terres, dans ma maison et je fais ce que bon me semble. Merci pour cette photo. À présent, parlez-moi de Ryan. Étiez-vous avec lui quand il est mort ?

Cara en eut le tournis, et pas à cause du vin, cette fois. Cet homme avait le don de provoquer en elle les sensations des plus étranges. En l'espace de quelques minutes, il avait suscité sa peur, sa haine, sa compassion, sa colère et, à présent, elle se surprenait à avoir désespérément envie de le réconforter, de lui assurer qu'elle ne comprenait pas le choix de Ryan. Hélas, Jeth n'était pas disposé à l'écouter. Elle se contenta donc de boire une gorgée de vin avant de lui répondre :

— Oui, j'étais auprès de lui. Les derniers jours, il a fallu lui administrer des calmants, mais il était lucide, au moment de partir. Il parlait souvent de vous. Je… Je sais qu'il vous aimait beaucoup.

Il vida son verre d'une traite. Un sourire glacial apparut sur ses lèvres bien dessinées.

— Il vous aimait encore plus, Cara Martin. Pourquoi serait-il resté à Boston pour mourir, sinon ? Et il ne vous aurait pas légué la moitié de La Tierra…

Elle se trouva à court d'arguments. Un silence pesant s'installa entre eux. Elle triturait nerveusement le pendentif qu'elle portait en plus de son collier de perles. Voyant qu'elle ne répondait pas, Jeth reprit brusquement la parole :

— Est-ce la robe rouge que vous portiez avec Harold St Clair, l'autre soir ?

— Comment… Comment le savez-vous ?

— Il n'y a pas grand-chose que j'ignore à votre sujet, mademoiselle Martin. Ou que je ne puisse deviner. Il a dû vous trouver ravissante, dans cette tenue.

— Il l'a appréciée, en effet, confirma la jeune femme d'un ton posé.

Cette conversation prenait une tournure un peu inquiétante…

— Et cette mouette que vous ne cessez de tripoter… C'est lui qui vous l'a offerte, n'est-ce pas ?

— En gage de son amitié. Afin qu'elle me rappelle ma région.

— Je n'en doute pas une seconde. Et les perles ? C'est lui ? Ou bien vous viennent-elles de Ryan ?

— Ni l'un ni l'autre. Ces perles se trouvaient à bord de l'un des premiers clippers venus en Amérique il y a plus d'un siècle. Elles sont dans ma famille depuis toujours. Je les ai reçues le jour de mes seize ans.

— Ah… fit Jeth. Vous en avez parcouru, du chemin, depuis vos seize ans. Si ce n'est en nombre d'années, en nombre de baisers et… autres. Vous couchiez avec Ryan ?

Il s'en voulut aussitôt. Quelle mouche l'avait piqué ? Bien sûr qu'elle couchait avec Ryan. Tel qu'il connaissait son frère, il ne pouvait en être autrement. Pourtant, une partie de lui-même avait envie d'entendre la jeune femme le contredire. Et la partie de lui qui ne tolérait aucune menace contre son empire savait qu'un déni de la part de Cara ne ferait que la condamner plus sévèrement.

Cara hésita un instant avant de répondre :

— Je… eh bien, si nous avons dormi ensemble, ce n'est pas dans le sens où vous l'entendez. Ryan était déjà très malade. J'ai partagé son lit, non pas pour… pour faire l'amour, mais pour lui apporter du réconfort. Cela nous amusait de savoir que nul ne nous croirait, surtout pas vous !

Cara se tut. Il avait tout d'un fauve sur le point de bondir sur sa proie.

— Je vous dis la vérité ! affirma-t-elle, ulcérée par ce silence pesant.

— Je refuse de gober ces bêtises ! tonna Jeth en se levant pour retourner au bar.

Furieux, il posa brutalement son verre. Comment pouvait-elle inventer une telle histoire et espérer qu'il n'y verrait que du feu ? En dépit de son air innocent, elle n'était ni naïve, ni stupide… Et elle ne manquait pas de culot !

— Pourquoi ne me croyez-vous pas ? implora-t-elle d'une petite voix fluette.

Il soupira.

— Parce que je connaissais mon frère. Il n'aurait pas pu vous résister. Pourquoi se serait-il privé, d'ailleurs ?

La jeune femme se leva pour venir à sa rencontre, le poing crispé sur son mouchoir.

— Il ne m'a pas touchée ! s'écria-t-elle. Vous savez, vous m'avez blessée en déclarant que Ryan ne vous avait jamais parlé de moi. Je me suis demandé pourquoi, car nous étions les meilleurs amis du monde. Je comprends à présent pourquoi il ne vous a rien dit de cette amitié particulière. Un homme tel que vous est incapable de comprendre ce qu'il y avait entre nous.

— Vous semblez apeurée, mademoiselle Martin. Je me demande pourquoi… Est-ce parce que vous redoutez que je vous brutalise ? Je vous ai promis de ne pas vous faire du mal, rappelez-vous. Vous doutez de ma parole ?

— Je… Oh, je suis sûre que vous êtes un homme de parole, mais vous êtes… Vous vous méprenez sur la nature de mes relations avec Ryan.

— Pourquoi cela vous pose-t-il problème que je vous prenne pour sa maîtresse ?

— Parce que je ne l'étais pas !

Ses yeux écarquillés lui donnaient l'air d'une bête traquée par un prédateur.

— J'ignore pourquoi je tiens tant à vous convaincre ! ajouta-t-elle.

— Vous ignorez pourquoi, mademoiselle Martin ? répéta-t-il d'un ton doucereux.

Sans lui laisser le temps de réagir, il l'attira dans ses bras et l'y maintint prisonnière. Cara se débattit comme une proie prise au piège, trop tard. Elle ne put lui donner de coups de pied dans les tibias à cause de ses bottes qui le protégeaient contre ses assauts.

— Il me semble nécessaire de vous informer, une fois de plus, que je vois clair dans votre jeu. Je sais pourquoi vous persistez à rester ici.

— Vous m'aviez promis ! hoqueta-t-elle, le cœur battant à tout rompre, affolée.

— J'ai promis de ne pas vous faire de mal. Je vous fais mal ?

— Vous m'agressez physiquement.

— Ne dites pas de bêtises ! C'est votre déni qui constitue une agression.

Il se pencha vers elle et glissa une main dans les cheveux de la jeune femme, de sorte qu'il lui était impossible d'échapper à ce baiser destiné à la punir, à l'humilier. Elle ferma les yeux et pinça les lèvres mais, au lieu de l'embrasser, il émit un rire rauque.

— Vous êtes une excellente actrice, vous savez !

Abasourdie, elle rouvrit les yeux. Les lèvres sensuelles de Jeth, encore toutes proches, esquissèrent un sourire narquois.

— Est-ce vraiment nécessaire ? murmura-t-elle. On ne pourrait pas se contenter d'un dîner agréable ?

— Vous avez faim ? souffla-t-il en déposant un baiser près de sa bouche.

— Très, avoua-t-elle en s'efforçant d'ignorer le trouble étrange qui lui nouait le ventre.

Jeth posa sa tête dans le creux de son épaule. Le contact de son souffle sur son oreille lui donna des frissons. Elle sentit ses doigts chauds et sensuels dans ses cheveux, puis dans son cou. Il se mit à déposer des baisers sur son visage. Peu à peu, Cara se laissa aller à la caresse de sa main qui glissait vers sa hanche.

— Si vous avez faim, je vais vous nourrir, proposa-t-il d'une voix rauque.

Il plaqua ses mains sur son dos et la jeune femme émit une plainte de protestation, vaine, car le désir qu'il lui inspirait était palpable.

— Cara... implora-t-il avant de s'emparer de ses lèvres pour l'embrasser avidement.

Enveloppée par sa chaleur virile et sensuelle, elle s'abandonna malgré elle. Ce désir mystérieux qui enflait du plus profond d'elle-même vint à la rencontre de la passion de Jeth. Elle crispa les doigts sur ses épaules musclées, non pas pour se défendre, mais pour l'attirer vers elle. Puis, sans prévenir, alors qu'elle était ivre de son contact, les mains qui l'avaient caressée l'agrippèrent par les avant-bras pour la repousser violemment.

Furieux, il la foudroya du regard.

— Et maintenant ? Vous niez toujours que Ryan et vous étiez amants ? Vous êtes bien trop torride pour ne pas avoir couché avec Ryan, alors épargnez-moi vos salades ! Ce qui me tue, c'est que vous ne respectiez pas suffisamment la mémoire de mon frère pour admettre votre liaison. Vous espérez avoir une chance avec moi en prétendant que Ryan ne vous a jamais touchée. Une chance de quoi, d'ailleurs ? Seul votre esprit tordu le sait. Laissez tomber, mademoiselle Martin. Je ne me contente pas des restes, surtout pas de ceux de Ryan.

La jeune femme l'entendit à peine tant elle était accablée de chagrin.

— Cara ?

Son prénom prononcé comme une mise en garde la fit émerger de sa rêverie.

— Quel que soit le rôle que vous êtes en train de jouer, autant arrêter immédiatement, vous m'entendez ?

— Oui… balbutia-t-elle.

— Regardez-moi quand je vous parle ! ordonna Jeth.

Elle leva les yeux vers lui, toujours dans le brouillard.

— Demain matin, habillez-vous chaudement, avec de vieux vêtements et présentez-vous aux enclos de débourrage. Il est hors de question que je vous entretienne, au cours de l'année à venir, même si c'est ce que vous espériez. Ici, on travaille dur et tout le monde met la main à la pâte.

Voyant qu'elle ne lui répondait pas, il ouvrit la porte d'un placard et en sortit une veste en peau doublée de polaire qu'il enfila, puis il revint vers elle, tenant son Stetson fauve orné d'un ruban noir.

— Je ne dînerai pas avec vous. Vous m'avez coupé l'appétit. Prenez des forces pour demain. Soyez aux enclos à 8 heures. Bonne nuit ! Faites de beaux rêves…

Il s'éloigna sans se retourner, comme le jour de leur rencontre. À ses pieds gisait un mouchoir en lin qu'elle ramassa pour le porter à ses lèvres. Cette fois, il la laissait à la fois blessée et plus troublée que jamais.

Le lendemain matin, Cara déambula dans un labyrinthe de dépendances en direction des enclos de débourrage. Des ouvriers étaient rassemblés autour de l'un d'eux dans l'air frais chargé de poussière et de fumier. En s'approchant, elle découvrit plus d'une cinquantaine de chevaux et un homme grand et mince qui tenait un bloc-notes. L'inconnu se retourna et lui adressa un signe de tête, ce dont elle s'étonna.

La plupart des hommes présents l'observaient d'un air inquisiteur, tandis que d'autres étaient gênés. Où diable était Jeth Langston ? Elle préférait encore son mépris à ces regards curieux et hostiles.

— Mademoiselle Martin ? lança une voix familière

Soulagée, elle fit volte-face et vit Jeth émerger d'une longue bâtisse portant une pancarte « réfectoire ».

— Monsieur Langston, qu'est-ce que je fais là ? demanda-t-elle d'un ton sec.

— Pour l'instant, rien. Dans une minute, vous allez travailler (Il la toisa d'un regard critique.) Ce n'est pas une tenue pour le rassemblement du bétail ! Nous devrons y remédier, cet après-midi, si nous avons le temps.

Elle perçut la surprise de certains des hommes.

— Que voulez-vous dire ? s'enquit-elle, déterminée à garder une contenance.

Jeth afficha cet air cynique qui ne présageait rien de bon.

— Vous nous accompagnerez en tant qu'assistante de Léon Sawyer, notre cuisinier. Son commis vient de se faire opérer de l'appendicite. Je ne peux me dispenser de l'un de mes hommes, alors j'ai décidé que vous feriez l'affaire. Quand Toby sera en état de nous rejoindre, il reprendra son poste. En attendant, vous avez du travail pour les six prochaines semaines.

Tous les regards étaient posés sur eux, même si certains s'efforçaient de ne pas trahir leur curiosité.

— Vous ne parlez pas sérieusement…

— J'ai l'air de plaisanter ? répondit-il en faisant un pas vers elle.

Cara résista à l'envie de s'enfuir.

— Je croyais que je ne devais pas distraire vos hommes.

— Vous ne les distrairez pas, je peux vous le garantir. Je viens d'annoncer la bonne nouvelle à Léon. Il n'est pas plus enchanté que vous, ce qui est regrettable, car je préfère quand mon cuisinier est de bonne humeur.

— Vous ne pensez pas ce que vous dites, insista la jeune femme.

— Je pense toujours ce que je dis, mademoiselle Martin, et vous en ferez l'amère expérience si vous décidez de vous défiler. Votre seule alternative serait de quitter La Tierra… après avoir signé les documents me cédant la part de Ryan, bien entendu.

Cara le regarda fixement. Ses lèvres sensuelles étaient pincées et ses yeux gris ardoise exprimaient sa détermination. Cela ne faisait aucun doute : il la forcerait à le suivre.

— Voilà donc où vous voulez en venir…

— Vous avez compris. Je vous accorde encore une minute de mon temps précieux pour prendre votre décision. Soit vous retournez dans la maison, soit vous rejoignez Léon au réfectoire.

Il ne fallut que quelques secondes à Cara. Avec un regard plein de défi, elle se dirigea vers le réfectoire.

Chapitre 7

Dans la bâtisse abritant la cantine du ranch, Léon Sawyer, le cuisinier, régnait en maître. Lorsqu'il préparait les repas des employés de La Tierra, même Jeth Langston n'osait le contrarier. Privé de son commis, il était d'humeur massacrante, surtout à l'approche du rassemblement du bétail.

Au moment où Cara pénétra dans son sanctuaire, il était en train de réprimander le jeune cow-boy désigné pour le seconder.

— Sors de là ! hurla le petit homme noueux en faisant mine d'infliger un coup de pied dans l'arrière-train du malheureux, qui fila sans demander son reste. Tu ne vaux pas un clou !

Cara réprima un sourire amusé. Léon correspondait en tout point à la description de Ryan : la caricature d'un cantinier de western. Derrière son tablier blanc, sa barbe de trois jours et sa posture fière, se cachait un cœur d'or.

— Bonjour, dit-elle.

Quand il fit volte-face, la jeune femme découvrit ses grands yeux bleus et ronds comme des billes derrière ses petites lunettes.

— Qui diable êtes-vous ? demanda-t-il d'un ton bourru.

— Le second que M. Langston a jugé bon de vous attribuer, hélas, répondit Cara avec un sourire, en tendant la main vers lui. Cara Martin, enchantée, monsieur Sawyer. Il paraît que vous m'attendez.

— Ah, je vois…

Bouche bée, il lui serra brièvement la main.

— Vous n'êtes pas le genre de personne à laquelle je m'attendais. Néanmoins, toutes les idées sont les bienvenues, surtout celles du patron.

Léon se révéla très ordonné et habitué à donner des ordres concis, ce qui convenait à l'esprit vif de la jeune femme. Ensemble, ils avaient pour mission de nourrir les cow-boys pendant les deux jours à venir et de préparer la cantine itinérante, version moderne des chariots bâchés des westerns, pour le grand rassemblement du bétail qui commençait le surlendemain. À midi, ils avaient débarrassé les vestiges du petit déjeuner et Léon semblait moins agité.

Cara s'affaira tant qu'elle oublia son appréhension et n'eut pas le temps de s'offusquer des regards appuyés lorsque les hommes entrèrent dans le réfectoire. Chacun semblait avoir sa place attitrée à table. À l'arrivée de Jeth, accompagné de l'homme élancé qu'elle avait vu dans l'enclos, il n'y avait plus de place. Ils s'installèrent à une table plus longue trônant au centre de la salle. Si la plupart ignorèrent la jeune femme, l'homme élancé lui adressa un signe de tête. En regagnant la cuisine, au terme du service, Cara poussa un long soupir.

— Je dois dire que, pour un petit gabarit, vous travaillez dur, déclara Léon, devant son plan de travail en inox.

Ce compliment fit rougir Cara. Sans doute seraitce le plus beau compliment qu'elle recevrait du vieil homme noueux.

— Que voulez-vous que je fasse, maintenant ?

— Reposez-vous un moment et mangez un morceau. Ensuite, on chargera les fourgonnettes.

Dans l'après-midi, tandis qu'elle posait la dernière casserole dans une malle, l'ombre de Jeth Langston se profila sur le seuil. Elle avait attaché ses cheveux à l'aide d'un bout de ficelle et les manches de son chemisier en soie étaient retroussées. Le cœur battant à tout rompre, elle leva les yeux vers lui.

— Je retourne à la grande maison, annonça-t-il. Je veux que vous veniez avec moi. Léon continuera seul. Un des gars l'aidera à servir de dîner.

Cara savait d'expérience qu'il ne fallait pas discuter ses ordres du patron. Elle ôta les gants en caoutchouc trop grands pour elle et, sans un mot, gagna le garde-manger où Léon dressait un inventaire de ses provisions.

— M. Langston veut que je rentre, monsieur Sawyer, annonça-t-elle au cuisinier.

Celui-ci s'interrompit dans sa tâche, son crayon à la main.

— C'est une raison suffisante, mon petit, répondit-il posément. Il est dans le coin ?

— Je suis là, Léon ! lança la voix de Jeth.

Il apparut sur le pas de la porte, juste derrière Cara. Lorsqu'elle tourna les talons pour partir, il lui barra le passage. Leurs regards se croisèrent : d'un air de défi, il ne broncha pas.

— Tu as besoin de moi ? demanda-t-il au cuisinier.

— Il va me falloir une caisse de café supplémentaire, si ça ne vous pose pas de problème, patron.

— Pas de problème, assura Jeth. Je me rends en ville, ce soir. Autre chose ?

— Ça peut attendre, affirma Léon en poursuivant son inventaire.

Cara eut la nette impression que ce sujet qui pouvait attendre n'était autre qu'elle-même.

— Bonsoir, monsieur Sawyer, lança-t-elle par-dessus son épaule. À demain matin !

Sur ces mots, elle se tourna vers Jeth d'un air décidé. Il posa sur elle un regard moqueur, puis daigna la laisser passer. À la nuit tombante, il faisait frais. Le vent du nord soufflait encore. Sans attendre le patron, Cara se dirigea vers la grande maison.

À mi-chemin, il la rattrapa.

— Attendez une minute ! dit-il en la saisissant par le bras.

Cara tenta de se dégager de son emprise.

— Lâchez-moi !

Feignant l'étonnement, Jeth plongea dans son regard.

— Mademoiselle Martin, de quoi avez-vous peur ? Que vais-je vous faire, d'après vous ?

— Je suis à deux doigts de vous détester.

— Je n'en doute pas une seconde, et vous avez toutes les raisons de me haïr.

Il l'entraîna vers un immense garage qui abritait une flotte de véhicules gris clair, dont la Jeep dans laquelle Bill était venu la chercher à l'aéroport. Il y avait aussi une superbe Lincoln Continental étincelante dont la plaque portait la marque de La Tierra Conquistada.

Jeth relâcha la jeune femme et se dirigea vers le côté conducteur de la Lincoln.

— Montez ! ordonna-t-il.

— Pourquoi ? demanda-t-elle, déconcertée.

— Mademoiselle Martin… soupira-t-il d'un air las. Vous n'avez pas encore compris qu'il ne fallait pas mettre ma patience à rude épreuve ?

Boudeuse, Cara s'installa sur le siège passager de la somptueuse voiture et se sentit immédiatement enveloppée dans le luxe. Ses membres fourbus se réjouirent du confort qu'offrait le siège en cuir.

— Où m'emmenez-vous ? s'enquit-elle, méfiante.

— En ville, pour vous acheter des vêtements adaptés à un rassemblement de bétail. Il vous faut des jeans, des chemises en flanelle bien amples, des bottes, de grosses chaussettes et une veste qui vous laisse libre de vos mouvements. Vous n'avez rien de tel, je parie.

— À Boston, il y a très peu de chevaux sauvages et de vaches, riposta-t-elle. Et nous nous déplaçons pour rien, car je n'ai pas mon chéquier sur moi.

— C'est moi qui réglerai l'addition, mademoiselle Martin.

— Il n'en est pas question ! Je ne veux rien vous devoir !

— Vraiment ? fit-il en haussant les sourcils d'un air narquois.

Folle de rage, elle se détourna pour admirer les plaines qui s'étendaient à l'infini. Dieu que cet homme était odieux !

— Je vous rembourserai par chèque dès notre retour à la maison, déclara-t-elle sans s'en rendre compte.

Mortifiée, déprimée, Cara sortit de la quincaillerie désuète de la petite ville de province. Jeth était en train de régler ses achats à une commerçante grisonnante qu'il appelait « Miss Emma » et qui, en recevant le maître de La Tierra dans sa boutique, ne se sentait de joie. En revanche, elle servit Cara avec une hostilité à peine dissimulée.

— Vous participez au rassemblement du bétail ? minauda-t-elle, les lèvres pincées. C'est étonnant, compte tenu de ce que j'ai entendu...

— Nous sommes pressés, Miss Emma. Trouvons à cette citadine des vêtements solides et confortables.

Sans consulter l'intéressée, Miss Emma et Jeth lui sélectionnèrent des tenues dignes d'un western. Ils eurent plus de mal à trouver des bottes à sa taille.

— En quoi est-il si important de porter des bottes ? s'enquit-elle.

— Vous allez monter à cheval.

Cara se garda de tout commentaire, se promettant d'aborder le sujet plus tard, loin des oreilles indiscrètes de cette commerçante revêche.

Jeth la rejoignit enfin et jeta les paquets sur la banquette arrière de la voiture, avant d'aller acheter le café promis à Léon. Durant le trajet de retour, il fut le premier à prendre la parole :

— Vous saviez à quoi vous attendre en venant à La Tierra. Vous n'imaginiez quand même pas être accueillie les bras ouverts ?

— Certainement pas, répliqua-t-elle avec dignité, en regardant droit devant elle.

— Je dirai à Fiona qu'elle lave vos jeans pour les assouplir. Je vous ai pris une dizaine de paires de gants en caoutchouc pour protéger vos mains quand vous ferez la vaisselle.

Étonnée par sa sollicitude, Cara tourna la tête.

— C'est très aimable à vous.

— Pas du tout. Je n'ai pas envie de vous entendre geindre parce que le savon et l'eau brûlante abîment vos mains.

Vexée, elle se mit à contempler le ciel étoilé sur la prairie. Seul un puits de pétrole se profilait de temps à autre dans la pénombre. À ses yeux, ces engins étranges étaient à l'image de ces terres : fiers, isolés et implacables. Comme l'homme assis à côté d'elle. Réprimant un soupir de lassitude, elle resserra les pans de son manteau sur son corps.

Enfin, la grille en fer forgé apparut devant eux et la voiture s'arrêta bientôt devant la maison. Le soulagement de Cara fut de courte durée.

— Entrez, mademoiselle Martin. Je m'occupe des paquets. Vous dînerez avec moi, ce soir. Inutile de vous changer. Il faudra vous coucher de bonne heure.

Cara se sentait incapable d'affronter une nouvelle soirée avec lui.

— Monsieur Langston, répondit-elle, au désespoir, ne nous sommes-nous pas assez vus pour aujourd'hui ?

Le regard gris de Jeth étincela d'un éclat métallique.

— Vous allez beaucoup me voir, alors autant vous faire à cette idée. Pour ma part, je ne me lasse pas de vous regarder. Ce dont je me passerais volontiers, c'est de votre âme sombre.

Abattue, Cara monta se rafraîchir, plus troublée par l'état lamentable de son chemisier en soie que par les dernières paroles de Jeth. Lorsqu'elle regagna la cuisine, elle l'entendit donner ses instructions à Fiona pour le lavage de ses jeans neufs. En les sortant du sac, il n'avait pas vu le reçu tomber à terre. Cara le glissa dans sa poche.

— Bonsoir, Fiona, dit-elle. C'est gentil de vous occuper de mes pantalons.

Pour toute réponse, la gouvernante se contenta d'un hochement de tête. Jeth tendit un verre de vin à la jeune femme et se servit un bourbon, comme d'habitude.

— Merci, murmura-t-elle sans croiser son regard.

Elle était mal à l'aise et il s'en rendait compte. Fiona vint à sa rescousse en déclarant :

— Il y a du courrier pour vous, dans l'entrée, señorita.

La jeune femme suivit Jeth dans le vestibule. Sur une tablette était posée une enveloppe, à côté du courrier.

— Une lettre de Harold St Clair ! s'exclama Cara, ravie.

Elle porta distraitement une main à son pendentif avant de décacheter l'enveloppe avec enthousiasme.

— C'est en rapport avec la succession ? demanda Jeth, l'air dégagé, en parcourant vivement sa propre correspondance.

— Oh non ! assura-t-elle avec un large sourire. C'est une lettre amicale. Une bouffée d'air marin.

— Ah oui ? fit Jeth d'un ton dur. Eh bien, vous finirez votre lecture plus tard, si cela ne vous ennuie pas. J'ai faim et Fiona nous attend pour servir.

Quel grossier personnage ! Cara glissa la lettre de Harold dans sa poche, puis elle suivit l'irascible maître des lieux. La malheureuse qu'il épouserait n'aurait pas la vie facile ! Ils dînèrent dans l'alcôve de la salle à manger, en silence. Le patron était d'humeur morose depuis qu'elle lui avait parlé de la lettre de Harold St Clair. Sans doute les soupçonnait-il de comploter contre lui. Qu'il pense ce qu'il voulait, après tout !

En attendant le café, il déclara :

— Vous savez qu'il n'y a ni toilettes, ni salle de bains sur un campement. Pensez-y en faisant vos bagages.

— Vous plaisantez ! s'exclama-t-elle d'un air outré qui le laissa de marbre.

— Je ne m'y risquerais pas, rétorqua-t-il en allumant un cigare. Profitez bien de votre bain, ce soir. Ce sera le dernier avant un bon moment.

Satisfait de son effet, il esquissa un sourire narquois. La jeune femme se leva.

— Si vous voulez bien m'excuser… la journée a été longue. Je vais vous priver du plaisir de ma présence, ce soir.

— Dommage… J'espérais que vous me joueriez du piano.

Cara s'arrêta dans son élan, puis elle fit volte-face en affichant une expression chargée d'ironie.

— Vous n'apprécieriez pas ma prestation. Le piano est un domaine dans lequel vous ne pouvez pas m'humilier.

Sur ces mots, elle s'éloigna. Impassible, il la suivit des yeux derrière un nuage de fumée.

Le lendemain, le temps passa trop vite. Entre le service des repas, le chargement des fourgonnettes et les préparatifs du départ, Cara n'eut pas une minute à elle. Aussi fut-elle étonnée d'entendre Léon lui déclarer :

— Ce sera tout pour aujourd'hui, mon petit. Remontez vite à la grande maison avant qu'il ne fasse nuit noire. Vous avez vos bagages à faire. Reposez-vous bien et prenez des forces pour demain, vous en aurez besoin.

Épuisée, la jeune femme ôta son tablier blanc.

— Je ne me le ferai pas dire deux fois. Bonsoir, Léon. À demain matin.

En sortant par la porte du fond, elle bouscula l'homme élancé qui lui avait adressé un signe de tête, la veille.

— Attention ! s'exclama-t-il d'un ton aimable, en la retenant pour l'empêcher de tomber. Vous allez bien ?

— Très bien, merci, répondit-elle avec un sourire. Désolée…

— Pas de problème, assura-t-il en lui rendant son sourire. C'est l'occasion de faire connaissance. Je suis Jim Foster, enchanté.

Il la relâcha à contrecœur pour lui tendre une main puissante.

— Cara Martin. Vous êtes le régisseur, n'est-ce pas ?

— Absolument. Je gère le ranch en l'absence de Jeth. Quand nous serons dans la plaine, n'hésitez pas à me solliciter en cas de besoin.

Léon leur tournait le dos, mais Cara sentit qu'il les observait discrètement.

— Je m'en souviendrai, monsieur Foster. Merci beaucoup.

— Appelez-moi Jim, suggéra-t-il, tout sourire.

— Rentrez vite, mon petit ! intervint Léon en se tournant vers elle. La nuit va tomber.

Cara salua les deux hommes et prit congé. Elle boutonna sa veste en jean pour se protéger du vent froid qui balayait la cour du ranch. Elle avait perçu une hostilité sous-jacente entre le régisseur et le cuisinier. Mieux valait ne pas s'immiscer dans les conflits du personnel…

Au cours de cette journée agitée, elle n'avait aperçu Jeth qu'une seule fois. Il n'avait pris aucun de ses repas au réfectoire. Elle observa les enclos qui ceignaient l'espace central et contenaient tous les chevaux que Jim avait attribués aux hommes pour le rassemblement du bétail. D'après Léon, chaque cavalier avait besoin de cinq montures par jour. Ils avaient passé la journée à les ferrer, tout en préparant leur matériel. Le lendemain, un imposant convoi d'hommes, de chevaux, de fourgonnettes et de remorques se mettrait en route pour le premier site de rassemblement du bétail, situé à soixante-quinze kilomètres. Cara ne pouvait s'empêcher d'attendre avec une certaine impatience le début de cette aventure.

En entrant dans sa chambre, elle trouva sur son lit ses jeans et ses chemises neufs, dont elle apprécia le parfum de propre, après avoir tant respiré l'odeur des chevaux et du fumier.

Elle entendit frapper à la porte.

— Entrez ! fit-elle, s'attendant à voir apparaître Fiona.

C'était Jeth Langston, la mine sombre, sans doute aussi fatigué qu'elle. Ses vêtements étaient maculés de terre et la trace de son chapeau était encore visible sur son front.

— Voici une liste de ce dont vous aurez besoin, déclara-t-il sans préambule. Tout doit être emballé et posé devant votre porte pour 6 heures demain matin au plus tard. Des questions ?

— Eh bien… je n'ai pas eu le temps de réfléchir à…

— Trop tard, coupa-t-il sèchement, avant de tourner les talons.

— Pas de problème, dit-elle dans son dos. Je m'adresserai à Jim Foster…

Jeth se retourna lentement. Aussitôt, Cara s'en voulut de son audace. Quelle mouche l'avait piquée ? Le regard du rancher se mit à scintiller de colère tandis qu'il s'avançait vers la jeune femme.

— Qu'entendez-vous par là ? demanda-t-il doucement.

— Rien du tout ! fit-elle en serrant ses chemises contre elle. Qu'y aurait-il à entendre par là ?

— À vous de me le dire, insista Jeth, si proche d'elle qu'elle sentait son parfum épicé. Vous n'envisagez pas de vous livrer à vos petites manigances avec l'un de mes hommes, j'espère !

— Je ne vois pas à quoi vous faites allusion…

Il l'attrapa par le menton.

— Parce que si telle est votre intention, sachez que je verrais d'un très mauvais œil ce genre de comportement. Ces hommes ne verront pas d'autre femme que vous pendant plus d'un mois. Ne vous amusez pas à les provoquer…

— Dans ce cas, pourquoi m'emmenez-vous ? demanda-t-elle en enserrant son poignet.

— Je vous l'ai dit.

Dès qu'il la relâcha, elle recula vivement et heurta le secrétaire. Un bout de papier tomba à terre.

— Qu'est-ce que c'est ? demanda-t-il en le ramassant.

— Un chèque à votre ordre, pour vous rembourser mes vêtements, expliqua-t-elle en massant son menton endolori.

Jeth posa sur elle un regard teinté de mépris.

— Avec l'argent que Ryan a viré sur votre compte ! railla-t-il avec dédain.

Il était donc au courant de cela aussi… Il empocha le chèque.

— Vous êtes un homme ignoble !

— C'est ce que pensent mes ennemis, en effet. Fiona va vous monter votre repas. Je vous suggère de vous coucher tôt. À présent, veuillez m'excuser. Je vais nager.

Le lendemain matin, la cour du ranch était en effervescence. Dans une atmosphère électrique, hommes et chevaux étaient pressés de se mettre en route. Jeth hurlait des ordres à Jim pour lui indiquer qui monterait en voiture et qui conduirait les chevaux vers un canyon proche de leur première étape.

— Je trouve cette expérience plutôt exaltante, avoua Cara à Léon.

— Pour l'instant, c'est tout nouveau tout beau, mais vous allez vite vous y habituer. Pour les employés du ranch, c'est l'un des meilleurs moments de l'année. Il s'agit de rassembler les veaux nés ce printemps pour les marquer et les vacciner. Sur un ranch de cette ampleur, c'est aussi le seul moyen de dénombrer les bêtes. On en profite pour les mener dans les pâturages d'été. Certains ranchs utilisent des hélicoptères. Ici, cela ne fonctionnerait pas. Nous avons trop de bétail. Ces maudits hélicos ne feraient que déclencher des mouvements de panique.

À 8 heures, après le petit déjeuner, Léon dit à Cara de monter dans un pick-up qui ouvrirait la marche aux fourgonnettes réfrigérées constituant la cantine itinérante. Les voitures quittèrent la cour du ranch dans un concert de klaxons et sous les acclamations. Cara rit de bon cœur et chercha Jeth des yeux. Elle croisa le regard de Bill, qui ne put réprimer un sourire lorsqu'elle lui fit signe. Puis elle plongea dans le regard grave et interrogateur de Jim Foster. Le régisseur hocha la tête et effleura le bord de son chapeau. Intriguée, Cara esquissa un sourire et s'installa confortablement.

Au bout de soixante-quinze kilomètres, dans une clairière entourée de chênes nains et de mesquites, Léon arrêta le pick-up non loin d'une fosse noircie creusée dans la terre et d'un tas de bois impressionnant.

— C'est là qu'on a installé le premier campement, l'année dernière, expliqua-t-il à la jeune femme. Il va falloir allumer du feu pour le café et faire griller les steaks avant l'arrivée des hommes.

Cara prit le temps de s'étirer et de balayer du regard un paysage vallonné de dunes semi-arides et de montagnes au sortir de l'hiver. Avec un peu d'imagination, elle aurait presque pu se croire au bord de l'océan Atlantique. Elle inspira à pleins poumons l'air matinal et se détendit. Si elle parvenait à éviter les foudres de Jeth Langston, ce mois ne serait peut-être pas si pénible...

À midi, la cantine était opérationnelle. Le feu de camp scintillait de braises rougeoyantes. Un chapiteau aux couleurs de La Tierra était dressé. Des marmites de haricots et de ragoût étaient suspendues au-dessus du feu. Leur fumet épicé flottait dans l'air des montagnes, se mêlant aux arômes du café et de la viande grillée. Au déjeuner, chacun venait se servir en fonction de ses tâches, manger sur le pouce un steak glissé entre deux tranches de pain et boire un café brûlant. Ensuite, ils remontaient vite en selle pour regagner le flanc de montagne et rabattre le bétail.

En milieu d'après-midi, Cara flâna jusqu'à un enclos abritant trois jeunes veaux magnifiques, aux oreilles dressées, si fines qu'elles étaient translucides. L'un d'eux s'approcha d'elle en meuglant.

— Qu'est-ce que tu fabriques ici ? lui demanda-t-elle d'une voix douce. On dirait que tu cherches ta maman.

Rassuré par ses caresses, le veau parut se calmer et cligna les longs cils qui ourlaient ses grands yeux bruns. Ensuite, la jeune femme se mit en quête d'un coin isolé où faire sa toilette et s'habiller en toute intimité. Elle découvrit un groupe de rochers formant un cercle entouré des broussailles. Elle regagna l'enclos pour voir son nouvel ami, puis elle porta de l'eau et sa sacoche de vêtements vers les rochers pour se changer avant les préparatifs du dîner. Après une douche de fortune, elle se sentit fraîche et pimpante. Elle se maquilla, brossa ses cheveux soyeux et les attacha en queue-de-cheval à l'aide d'un ruban bleu assorti à ses yeux.

Lorsqu'elle rejoignit Léon, qui préparait des galettes sous la tente, il l'observa par-dessus ses lunettes. Elle n'aurait su dire s'il approuvait ou non son apparence.

— Mettez vite ce tablier et enroulez-le deux ou trois fois, mademoiselle Martin. Voilà, c'est bien.

Cara obéit en souriant. Sous ses airs bourrus, Léon essayait de la protéger du regard des hommes… Elle était en train d'étaler la pâte quand ils commencèrent à arriver au campement. Pour la première fois de la journée, elle aperçut la silhouette de Jeth sur son bel étalon. Son cœur s'emballa. Il mit pied à terre sans un regard vers la cantine et se dirigea d'un pas vif vers le pick-up gris d'où il pouvait téléphoner à son bureau.

Affairée à sa tâche, Cara remarqua à peine que Léon la quittait pour aller à la rencontre de deux *vaqueros* mexicains et d'un homme rondouillard arrivé plus tôt dans la journée à bord d'une camionnette blanche portant l'inscription « Harry le boucher » en lettres rouges. Léon l'avait accueilli avec enthousiasme et les deux hommes avaient discuté longuement devant un café.

En comprenant qu'ils parlaient des veaux enfermés dans l'enclos, la jeune femme eut un sentiment de malaise. En quoi ces bêtes pouvaient-elles présenter un intérêt ? L'un des *vaqueros* se dirigea prudemment vers l'enclos et attrapa au lasso le veau qu'elle préférait. Aussitôt, la pauvre bête poussa des meuglements désespérés en tirant sur la corde.

— Qu'est-ce qu'il fait ? demanda Cara à Léon.

Il ne lui répondit pas et garda les yeux rivés sur le veau. L'autre *vaquero* épaula une carabine.

— Non ! hurla-t-elle juste au moment où Léon se mit à siffler.

Le veau tourna la tête dans leur direction et, en une fraction de seconde, une balle lui pénétra le front, entre les deux yeux. Sous le choc, Cara se retourna pour ne pas assister à la suite et vacilla. Heureusement, deux bras rassurants la serrèrent contre un torse puissant. *Jeth*, songea-t-elle.

— Doucement, mademoiselle Martin, fit la voix de Jim Foster. Ne vous mettez pas dans cet état pour si peu. Ce veau n'était bon qu'à être mangé. Venez faire quelques pas. Léon se passera de vous quelques minutes.

Cara s'efforça de chasser de son esprit l'image de l'animal ensanglanté gisant à terre, dont le regard exprimait encore l'étonnement. Elle laissa Jim l'entraîner loin du campement.

— Ce n'est pas un endroit pour vous, assura Jim lorsqu'ils s'arrêtèrent derrière une corniche. Le patron est fou de vous avoir amenée ici.

— J'aurais dû comprendre pourquoi ces veaux se trouvaient dans l'enclos, admit-elle. J'ai été stupide...

— Vous ne pouviez pas savoir qu'ils étaient destinés à la boucherie, coupa Jim. Restez ici un petit moment : ils sont en train de découper le veau. Attendez qu'ils aient terminé.

Il sortit un paquet de cigarettes de la poche de sa chemise.

— Vous en voulez une ?

Cara secoua négativement la tête.

— Non, merci. Je ne fume pas.

Elle avait un peu retrouvé ses esprits et ne voulait pas laisser Léon gérer seul les préparatifs du dîner. Sans compter que Jeth allait se demander où elle était passée.

— Je dois vraiment y retourner, dit-elle.

— Le spectacle n'est pas beau à voir.

Cara frémit en pensant au boucher.

— Vous avez froid ? fit Jim en s'approchant pour la prendre par les épaules.

— Jim ! Mademoiselle Martin !

En entendant la voix de Jeth Langston, ils firent volte-face. L'air coupable, Jim ôta immédiatement son bras des épaules de la jeune femme, qui pâlit. Au soleil couchant, le patron les dominait de sa hauteur. Il foudroya Cara du regard en s'adressant à son régisseur :

— Jim, va téléphoner au bureau pour faire ton rapport. Je dois dire deux mots en privé à Mlle Martin.

— Bien, patron, fit Jim d'un ton acerbe.

Il s'éloigna sans même tenter d'expliquer la situation à son patron.

Chapitre 8

Cara s'efforça de maîtriser sa terreur. Sans lui laisser le temps de réagir, Jeth descendit la pente à sa rencontre.

— Je vous avais demandé de laisser mes hommes tranquilles, en précisant que si vous…

Il ne put poursuivre ses réprimandes. Effrayée, elle s'était détournée et s'enfuyait déjà. Hélas, au bout de quelques pas, elle se tordit la cheville et s'étala de tout son long, face contre terre, heurtant une pierre acérée de son menton. Elle entendit Jeth crier son nom, mais elle n'avait plus qu'une idée en tête : échapper à cet homme impérieux qui se penchait sur elle pour l'aider à se relever. Vexée, Cara vit son ruban qui gisait dans la poussière.

— Ne me touchez pas ! Lâchez-moi !

— Quand vous serez calmée, répondit-il en l'attirant dans ses bras.

Épuisée, vacillante, Cara s'accrocha à lui en le prenant par la taille.

— Regardez dans quel état vous vous êtes mise…

— Rien de pire que le sort que vous m'auriez infligé, gémit-elle contre son torse.

— Allons… souffla-t-il. J'étais fou de rage, mais jamais je n'aurais levé la main sur vous. Je voulais simplement vous secouer un peu, vous faire comprendre que, tant que vous serez à La Tierra, vous devez rester fidèle à la mémoire de Ryan. Je ne tolérerai pas que vous salissiez sa mémoire…

Elle leva vivement la tête vers lui.

— Je ne cherchais pas à séduire Jim !

— Que vous dites…

— C'est la vérité !

Soudain submergée par ses émotions, elle ressentit une douleur lancinante sous son menton et sur ses paumes. Elle aurait tant aimé se réfugier contre le torse de Jeth, un réconfort qui lui était interdit. Elle baissa les bras qui l'enserraient.

— Vous vous méprenez. Je ne m'attends pas à ce que vous me fassiez confiance, mais accordez-moi au moins une qualité : je ne ferais rien qui salisse la mémoire de Ryan.

Jeth la relâcha à son tour. Très pâle, elle avait les joues maculées de terre et un filet de sang coulait de son menton.

— Votre présence ici suffit à la salir. À présent, allez demander à Léon de soigner votre plaie.

Le cuisinier avait déjà commencé à servir le dîner.

— Désolée, marmonna Cara.

Léon la vit examiner ses paumes écorchées d'un air désespéré.

— J'ai eu un petit accident…

Léon regarda attentivement ses écorchures, son tablier souillé, ses cheveux décoiffés.

— Je vois ça, commenta-t-il avec une inflexion étrange dans la voix.

— Je ne vous suis pas très utile, je le crains. Pardonnez-moi, Léon.

— Allons ! Vous êtes le meilleur commis que j'aie jamais eu. Demain est un autre jour. Tenez, voici de la pommade pour vos mains. Nettoyons cette plaie.

Léon était en train de la soigner quand Jeth apparut derrière elle. Elle sentit sa présence sans même se retourner. Perplexe, le cuisinier les observa tour à tour d'un air inquisiteur.

— Vous mangerez bien un morceau, patron, suggéra-t-il en rebouchant son flacon de désinfectant.

— Donne-moi d'abord un verre de bourbon ! Et tu serviras son vin préféré à Mlle Martin. Elle en a grand besoin.

— Tout de suite.

Le cuisinier se dirigea vers la fourgonnette transportant la réserve privée de son patron. Gênée mais touchée par la sollicitude dont il avait fait preuve en apportant son vin favori, Cara s'évertua à tourner le dos à Jeth. Quelle imbécile elle avait été de s'enfuir ainsi ! En se lavant les mains, elle constata que ses paumes n'étaient qu'égratignées. Elle appliquerait la pommade de Léon dès que le patron serait parti et masquerait de son mieux la plaie sur son menton.

Après avoir quitté la tente sous le regard insistant de Jeth, qui attendait son bourbon, elle prit son temps pour éponger la grande table et, soulagée, le vit s'éloigner vers le feu de camp autour duquel étaient réunis les hommes. En regagnant son poste, elle trouva un verre de vin et le ruban bleu qui était tombé de ses cheveux.

Une fois ses tâches accomplies, elle dîna sur le pouce et se trouva désœuvrée. Les rires sonores des hommes résonnaient au crépuscule, sous les dernières lumières du coucher de soleil qui s'attardaient dans le ciel. Cara fut envahie d'une telle mélancolie qu'elle eut envie de pleurer. Alors elle s'écarta un peu du campement, sans toutefois oser s'aventurer trop loin car elle avait entendu les hommes parler de serpents à sonnette. Il faudrait qu'elle trouve un endroit où lire entre la fin de son service et l'heure de dormir. Lorsqu'elle retourna vers la fourgonnette pour récupérer sa lampe torche, Léon l'attendait.

— Les gars vont se coucher, mademoiselle Martin. Le patron vous a montré où vous installer pour la nuit ?

— Non. Je ne me suis même pas posé la question. Je n'ai pas de sac de couchage.

À la lueur de sa lanterne, le vieil homme dévisagea la jeune femme aux traits tirés. Il avait insisté pour qu'elle couvre ses paumes de cataplasmes, au moins pour la nuit.

— Personne ne vous a donné de tapis ? Cela ne me semble un peu étonnant.

— Voici son sac de couchage, Léon, intervint Jeth Langston, en surgissant de la pénombre. Ne t'inquiète pas pour Mlle Martin. Elle est parfaitement capable de se débrouiller seule. Suivez-moi.

— Bonne nuit, Léon, dit-elle pour le rassurer, car il affichait une mine soucieuse.

Elle se laissa conduire vers une parcelle de terrain où plusieurs hommes étaient déjà allongés sous leur couverture.

— Vous dormirez ici, décréta-t-il. Vous aurez assez chaud, près du feu.

— Merci, répondit-elle, un peu tendue, en le regardant dérouler une sorte de sac de couchage en laine grise ourlée de jaune.

Il défit la fermeture à glissière et sortit un petit oreiller blanc. Sans un mot, il s'éloigna vers la fourgonnette qui lui servait de bureau. Où allait-il passer la nuit ?

Le sac de couchage chaud et douillet procura à la jeune femme une sensation de réconfort. Juste avant de sombrer dans le sommeil, elle aperçut un nom brodé en jaune près de l'ouverture du sac : Ryan Langston.

Au cours de la nuit, elle fut vaguement dérangée par un frôlement sur ses mains. Juste après, une chaleur bienfaisante se propagea vers le haut de son corps. Elle soupira d'aise parmi les ronflements des hommes, les piaffements de chevaux et les cris des animaux de la prairie. Le lendemain, aux premières lueurs de l'aube, elle fut réveillée par un délicieux arôme.

— Réveillez-vous, mon petit, dit Léon en posant une tasse fumante à côté d'elle. Et attention de ne pas renverser votre café. Vous avez le temps de faire un brin de toilette avant de m'aider pour le petit déjeuner.

Cara se redressa dans son sac de couchage. Elle ne se rappelait pas avoir remonté la fermeture à glissière jusqu'en haut… Son menton ! Elle effleura sa plaie et grimaça. Elle avait certainement gardé une trace de sa chute et les hommes allaient croire que le patron l'avait malmenée. Elle ramassa sa tasse brûlante en prenant garde aux compresses qui couvraient ses paumes meurtries, puis se hâta en direction de son recoin discret, derrière les rochers. Sur les pierres plates, Léon lui avait laissé une casserole d'eau chaude. Pourvu que Jeth n'apprenne rien de ce traitement de faveur… Elle ne voulait pas attirer d'ennuis au cuisinier.

De retour au campement, la jeune femme chercha le patron des yeux tout en préparant des pancakes qui parfumaient l'air frais du matin d'une odeur appétissante. Pour la première fois depuis longtemps, elle avait faim. Jeth demeurait invisible. Elle commençait à se demander s'il n'avait pas quitté le campement quand elle entendit sa voix familière.

— Retournez-vous, mademoiselle Martin !

Impressionnée par son autorité naturelle, elle prit un torchon pour dissimuler ses paumes et fit volte-face. Il se tenait près d'elle. Léon les laissa en tête à tête sous prétexte d'aller chercher de l'eau. Jeth examina le visage de la jeune femme sans faire de commentaire. Elle poussa un soupir de soulagement mais recula d'un pas. Il relâcha son menton.

— Vous devez avoir une bien mauvaise opinion de moi, dit-il, la mine grave.

— Ma blessure se voit beaucoup ? murmura-t-elle en rougissant.

— Hélas, oui. Ne craignez rien, elle n'enlève rien à votre beauté.

— Mon apparence est bien le cadet de mes soucis, répliqua froidement Cara. À présent, si vous voulez bien m'excuser, j'ai du travail…

Sur ces mots, elle lui tourna le dos. Elle sentit son regard dur s'attarder sur elle un instant, puis elle entendit des pas s'éloigner. En milieu de matinée, Jim Foster apparut à côté d'elle alors qu'elle revenait du moulin, chargée d'un seau d'eau. Elle pensait pourtant être restée seule avec Léon au campement. Étonnée, elle salua le régisseur.

— Cette plaie, sous votre menton... c'est Jeth ? demanda-t-il en lui prenant son seau.

— Bien sûr que non ! s'exclama Cara, horrifiée. Je me suis tordu la cheville et j'ai chuté sur une pierre. Qu'est-ce qui vous fait croire que M. Langston m'a battue ?

— Il était ivre de rage quand il nous a vus ensemble ! Je ne vois pas quelles pourraient être les raisons de sa jalousie, d'ailleurs. Il ne cache pas ce qu'il ressent à votre égard.

— Effectivement, admit Cara, le cœur serré. Mais M. Langston ne lèverait pas la main sur une femme. Lui avez-vous expliqué ce que vous faisiez avec moi ?

Jim détourna les yeux.

— Cela n'aurait rien changé, croyez-moi. Jeth ne croit que ce qu'il veut. Autant parler à un mur.

Ainsi il n'avait pas même pris la peine d'essayer... Elle observa le régisseur d'un œil critique. Enfin, il posa le seau d'eau sur la grande table.

— Merci, monsieur Foster. Je crois que nous devrions nous abstenir de tout contact, désormais. Je ne voudrais pas mettre votre poste en péril et vous ne voudriez pas que M. Langston me prête des intentions que je n'ai pas.

Le beau visage de Jim exprima sa déception.

— Mais, mademoiselle Mar…

— Qu'est-ce que tu fabriques au campement ? demanda soudain Léon, qui venait de surgir de derrière une fourgonnette. Je parie que le patron ne sait pas que tu es ici.

— Et alors ? lança Jim d'un air de défi. J'ai ramené un cheval blessé à l'enclos. Mêle-toi de tes affaires ! Au revoir, mademoiselle Martin. On se reparlera bientôt.

Il jeta un dernier regard assassin au cuisinier avant de se diriger d'un pas nonchalant vers son cheval. Alors que la silhouette élancée montait en selle, Cara sentit Léon s'agiter à ses côtés.

— Vous ne l'aimez pas, n'est-ce pas ?

Le vieux cuisinier regarda le cavalier s'éloigner au trot dans la plaine.

— Méfiez-vous de lui, prévint-il sèchement. Je doute que ce cheval blessé soit plus qu'un prétexte pour vous voir.

Mue par un élan d'affection pour son nouvel ami si bourru, Cara le prit par les épaules.

— Léon, vous n'avez pas à vous impliquer dans mes combats. Comme l'a dit M. Langston, je suis capable de me débrouiller seule.

Léon afficha l'air maussade qui annonçait – la jeune femme le savait à présent – une réflexion bien sentie.

— Vous êtes tout aussi capable de vous défendre qu'un agneau encerclé par une horde de loups, jeune fille. Vous ne manquez pas de courage, je l'avoue. En revanche, vous n'êtes pas armée pour vous protéger des hommes tels que Jeth ou Jim. Et je vais vous dire autre chose, mon petit…

Le vieil homme parut embarrassé, puis il poursuivit :

— Vous n'êtes pas une traînée, c'est certain, et vous ne cherchez pas à nuire à La Tierra. Je n'y vois pas encore très clair, mais je devine la patte du jeune Ryan, dans cette histoire. Si c'est le cas, et tel que je le connaissais, et tel que je connais Jeth… Il faut savoir qu'il n'y a pas de meilleur homme que lui, même si c'est une vraie tête de mule. Je vais faire confiance à Ryan.

Il observa Cara par-dessus ses lunettes, s'arrêtant sur l'ecchymose bleutée qui se répandait sur son menton.

— Je serais très contrarié d'apprendre qu'il vous a maltraitée, mon petit. Sans vouloir l'excuser, il a agi par ignorance, vous comprenez, et parce qu'il souffre intérieurement.

— Je sais, assura Cara avec un sourire. M. Langston n'a pas levé la main sur moi. Je suis la seule responsable de cet incident.

Elle lui raconta le choc qu'elle avait ressenti en assistant à l'abattage du veau, la veille, et les efforts de Jim pour la consoler.

— J'ai bien cru qu'il allait me frapper. Il était furieux ! Il est si soucieux de la mémoire de Ryan et de la façon dont nous… enfin…

— De ce que les gens penseraient si vous et Jim étiez vus ensemble, termina le cuisinier. Je comprends son raisonnement.

— Moi aussi, admit Cara en posant une main sur la joue mal rasée du vieil homme. Merci de me faire confiance, Léon. Vous avez raison : jamais je ne ferais quoi que ce soit qui nuise à La Tierra… ou à M. Langston. Je vous le promets.

Après cette conversation avec Léon, Cara ne vit le patron qu'au moment des repas, et encore. En fin de journée, quand il rentrait au campement, Jeth se rendait souvent dans le véhicule d'où il pouvait communiquer avec le reste de son empire. Ces soirs-là, Léon lui portait un verre et une bouteille de bourbon dans la fourgonnette, avec un plat chaud. Les jours étaient plus longs. Fidèle à sa promesse – ou à sa menace – Jeth procura à la jeune femme une jument très douce qui lui plut immédiatement.

— Quel est son nom ? demanda-t-elle à Bill, chargé de l'habituer à sa monture lors de ses premières sorties.

— Lady.

Depuis le début de l'expédition, Bill se montrait plus aimable avec elle. Il lui avait même présenté des excuses pour sa conduite, le jour de son arrivée à l'aéroport.

— C'est moi qui en ai eu l'idée, pas le patron, avoua-t-il pour le plus grand soulagement de Cara.

Ils prirent l'habitude de chevaucher chaque soir, après le dîner, tant qu'il faisait encore jour.

— Le patron ne veut pas qu'on se promène dans la nature la nuit, expliqua Bill.

Comme les autres, Bill n'aurait jamais désobéi à Jeth. Elle en conclut qu'il approuvait leurs sorties, alors que lui-même ne se trouvait même pas au campement. Par deux fois, le convoi s'était déplacé vers les montagnes pour suivre les hommes qui menaient l'impressionnant troupeau vers les pâturages. Quand Jeth quittait le campement, c'était désormais à bord d'un avion privé portant la marque jaune de La Tierra sur son fuselage.

Un matin, alors qu'elle chevauchait seule, Cara aperçut au loin Jim Foster qui parcourait les terres broussailleuses en quête de bêtes égarées. Persuadée qu'il ne l'avait pas vue, elle dirigea Lady dans la direction opposée.

— Mademoiselle Martin ! lança-t-il.

Avec un soupir résigné, elle attendit qu'il la rejoigne.

— Ne vous enfuyez pas, dit Jim sans masquer son admiration pour la chevelure dorée qui cascadait sur les épaules de la jeune femme.

— Il faut vraiment que je rentre au campement, répondit-elle d'un ton enjoué. Je dois préparer le déjeuner avec Léon.

— Vous possédez la moitié de tout ça…

Jim désigna d'un geste ample la plaine qui s'étendait à l'infini et les montagnes.

— Pourquoi ne vous conduisez-vous pas en propriétaire au lieu d'obéir au doigt et à l'œil, comme une domestique ? Vous êtes libre de faire ce que bon vous semble, non ?

— Et vous, pourquoi vous souciez-vous de la façon dont on me traite ?

Depuis leur dernière conversation, ils avaient à peine échangé quelques mots quand elle le servait à table. Était-ce pour la protéger ou pour se protéger lui-même ?

— Je vois une jeune femme belle et sympathique que l'on maltraite. Je vous rappelle simplement que vous n'avez pas à subir ce sort. Usez donc de votre pouvoir pour remettre Jeth Langston à sa place.

— La place de M. Langston a toujours été à la tête de La Tierra, Jim. Le problème n'est pas de déterminer sa place, mais la mienne. Quant à Léon, il est la courtoisie même. Je l'apprécie beaucoup. De même que cette expérience. Je ne suis la domestique de personne.

Sur ces mots, elle talonna les flancs de Lady et adressa au régisseur un sourire froid.

— Je dois y aller. Léon a besoin de moi.

Cara s'éloigna avec un soupçon de remords. L'antipathie de Léon envers le régisseur semblait déteindre sur elle. Pourtant Jim Foster n'avait-il pas été le premier à essayer de la mettre à l'aise ? Et il l'avait réconfortée après l'abattage du petit veau. Rien ne l'obligeait à risquer son poste pour la défendre contre son patron. Cette amitié secrète était peut-être tout ce qu'il pouvait lui offrir, au vu des circonstances.

Un matin, Cara mena Lady bien plus haut que le plateau où travaillaient les hommes, de sorte qu'elle put observer à leur insu Jim et plusieurs autres manœuvrer les veaux à marquer vers un enclos. Soudain, un hennissement se fit entendre derrière des buissons, et la jument se crispa.

— Doucement, ma belle, dit Cara en lui flattant l'encolure.

Le son se reproduisit, accompagné d'un bruissement dans les fourrés. En voyant un grand étalon noir surgir devant elles, Lady recula nerveusement.

— Du calme, Lady. Tout va bien. Il vient nous dire bonjour.

L'étalon était très impressionnant avec sa robe d'un noir de geai, sa crinière fournie et sa posture altière de pur-sang. Cara comprenait aisément qu'il ait battu les chevaux de La Tierra et surpassé par sa vivacité l'adresse de Jeth Langston.

— C'est donc toi, le fameux Diable… souffla-t-elle.

La jument se crispa davantage, dressa les oreilles et se mit à agiter la queue.

— Je comprends pourquoi le patron rêve de te passer la corde au cou. Ne te laisse surtout pas faire ! Tu es né pour la liberté. Il ne faut pas qu'il te marque au fer rouge. Tu ne serais plus toi-même…

Diable hennit comme pour lui répondre et s'éloigna un peu plus des fourrés avec grâce, faisant saillir ses muscles puissants.

— Tu ferais mieux de filer, prévint Cara.

Sans doute utilisait-il cette cachette pour observer ses congénères prisonniers des enclos, au fond du canyon. Ceux-ci avaient-ils conscience de la présence de leur chef ? Sentaient-ils d'instinct qu'il ne les avait pas abandonnés ?

— Allez, va-t'en, avant que les hommes ne t'attrapent !

Diable gémit, puis se retourna souplement. Ses flancs superbes captèrent les rayons du soleil. Enfin, il partit au galop vers la montagne et disparut.

Au fil du temps, Cara se surprit à aimer le campement et son travail en harmonie avec Léon, dans un respect mutuel. Elle avait pris l'habitude de se doucher entre la fin du service du déjeuner et les préparatifs du dîner et en profitait pour laver ses vêtements qu'elle étendait sur les branches d'un mesquite couvert de bourgeons. Le soir venu, au retour des hommes, elle était fraîche et pimpante, arborant un soupçon de maquillage sur son teint hâlé. Parfois, un cow-boy désinhibé par un peu trop de bourbon, se permettait une remarque :

— Hé, Léon, ça sent bon, ici ! Bien meilleur que quand c'était Toby !

Le personnel avait fini par accepter la présence de la jeune femme sans exprimer de soupçons ou d'hostilité. Ils se mirent à l'appeler Miss Cara et lui faisaient une place autour du feu quand Jeth n'était pas là, pour qu'elle leur parle de Boston et de l'océan. Elle découvrit avec stupeur que la plupart des ouvriers n'avaient jamais vu la mer.

Un soir, au bout de cinq semaines, allongée dans son sac de couchage, elle contempla le ciel étoilé en pensant à Jeth, qu'elle n'avait pas vu depuis une semaine, et à Diable, dont la jument préférée était prisonnière avec ses congénères. Bill lui avait confié qu'ils avaient trouvé les traces d'un étalon qui suivait le convoi.

— Vraiment ? avait-elle demandé, feignant la surprise.

— Oui ! Et il ferait bien de se méfier, celui-là ! Le patron ne va pas tarder à le prendre au lasso. À La Tierra, un cheval ne mange pas gratuitement. Il doit gagner sa vie.

— Et Texas Star ?

Les hommes avaient reçu l'ordre de ne pas capturer l'alezan de Ryan.

— Texas Star, c'est une autre histoire. À mon avis, le patron considère que, tant qu'il se promène sur les terres, c'est un peu de Ryan qui reste ici.

Elle ne trouvait pas le sommeil. Pourvu qu'elle ne s'attache pas trop à cet endroit... à Léon, Fiona, Bill et... Jeth. À La Tierra. Il ne faudrait pas que, après son départ, son cœur soit...

Le lendemain soir, après le dîner, elle annonça à Léon qu'elle partait chevaucher seule.

— Bill s'est blessé à la jambe, expliqua-t-elle.

Toute la journée, elle s'était sentie étrangement déprimée, désemparée. Elle avait besoin d'être seule. Le vieux cuisinier ne lui cacha pas son inquiétude.

— Je n'aime pas trop vous savoir seule dans la nature, mon petit. Mes rhumatismes se sont réveillés. Il y a de l'orage dans l'air et il ne faudrait pas que vous vous retrouviez à cheval sous les éclairs.

— Je n'irai pas loin et, s'il commence à pleuvoir, je reviendrai immédiatement.

— D'accord. Je voudrais pas qu'il vous arrive malheur dans la plaine. Je me suis attaché à vous, vous savez.

— Moi aussi, répondit-elle, touchée, avant d'aller seller Lady.

Moins d'une heure plus tard, de gros nuages noirs s'amoncelèrent au-dessus des montagnes. La pluie était si rare, dans cette région aride, que Cara ignora les mises en garde de Léon. Moins d'une demi-heure plus tard, de violents éclairs zébraient le ciel plombé, transperçant les nuages gris. La jeune femme chercha un abri où patienter. Soit l'orage éclaterait pour de bon, soit les nuages se dissiperaient, comme cela se produisait généralement, sans que la pluie tombe pour autant.

Alors qu'elle réfléchissait à ses options, la pluie s'abattit sur la plaine, un véritable déluge qui trempa la cavalière et sa monture. Lady protesta, reprochant sans doute à Cara de ne pas avoir été raisonnable. Perdant confiance en sa cavalière, la jument, tendue, se mit à tirer sur son mors.

— Mademoiselle Martin ? C'est vous ?

Seigneur, songea-t-elle en voyant Jeth Langston, vêtu d'un ciré jaune détrempé et luisant, apparaître dans son champ de vision.

— Je suis là !

— Par ici !

Lady, qui semblait avoir reconnu un ami, suivit le patron de La Tierra. Ils s'abritèrent dans une grotte dont l'ouverture était dissimulée par des broussailles.

— Descendez de cheval, ordonna-t-il dès qu'ils furent en sécurité.

Son étalon les observait d'un œil impassible, comme s'il sentait venir une explosion de colère. Les cheveux dégoulinants de pluie, Cara obéit et se retrouva coincée entre sa jument et Jeth. Celui-ci ne broncha pas, de sorte que Cara dut lever la tête pour le regarder dans les yeux.

— Vous êtes complètement idiote, irresponsable et…

Les mots lui manquèrent. Cara profita de son hésitation pour tenter de se justifier :

— Je vous croyais au ranch.

— Quand le chat n'est pas là, les souris dansent, c'est ça ?

— Je ne suis pas une souris.

— Non. Pour l'heure, vous avez tout d'un rat d'égout. Ôtez vite ces vêtements mouillés.

— Pas question !

— Mademoiselle Martin, vous avez le choix : soit vous vous déshabillez seule, soit je m'en charge à votre place. N'ayez crainte, je ne vous regarderai pas. Vous n'aurez qu'à vous couvrir avec mon ciré.

Ignorant le regard affolé de la jeune femme, il la fit asseoir sur un rocher plat, près d'un trou contenant du petit bois. Cette grotte avait dû servir maintes fois d'abri contre les intempéries. Cara s'empara du ciré et Jeth s'affaira à allumer un feu. Bientôt, de la fumée s'éleva vers une crevasse située au sommet de la grotte. Dissimulée sous le ciré, elle entreprit d'enlever ses vêtements trempés qu'elle étala sur les rochers, pendant que Jeth dessellait les chevaux, désormais plus calmes. Ensuite, il revint s'asseoir près du feu et observa les vêtements.

— Vous ne portez pas de sous-vêtements ? s'enquit-il.

— Si, maugréa-t-elle. Il se trouve que je les ai gardés sur moi. Cela vous dérange ?

— Personnellement, non, mais vous risquez de prendre froid.

— Et alors ? Si je succombais à une pneumonie, votre problème serait réglé, non ?

— Ce n'est pas dans mon intérêt, dit-il en s'agenouillant pour attiser le feu. Vous avez bien plus de valeur vivante que morte. Je tiens à ce que vous restiez en vie pour signer la paperasse.

Cara n'en revenait pas. L'unique préoccupation de ce goujat était l'héritage de Ryan ! Ce n'était pas pour elle qu'il avait bravé la tempête. Comment pouvait-elle être à ce point attirée par un homme cupide ? Étouffant un juron, la jeune femme se leva d'un bond.

— Que se passe-t-il, mademoiselle Martin ? demanda-t-il, alarmé par sa réaction brutale. On jurerait que vous venez d'être frappée par la foudre…

Chapitre 9

Il suffit à Cara de poser les yeux sur ses cheveux bruns, son beau visage aux traits finement ciselés, ses pommettes hautes qu'éclairaient les flammes, pour se décider à se rasseoir.

— Qu'est-ce qui vous prend ? insista-t-il.

— Rien. Rien du tout…

— C'est ce que disent toujours les femmes. Même en larmes ou en proie aux pires angoisses, elles répondent systématiquement « rien » quand on leur demande ce qui ne va pas ! Je vous écoute.

— Ryan n'a pas quitté mes pensées de la journée... Il était dans ma tête et dans mon cœur, du moins c'est ce que je croyais…

La mine grave, Jeth se tourna un instant vers le feu de camp pour attiser les braises et ajouter du bois.

— Pour casser l'ambiance, on peut compter sur vous, commenta-t-il avant de gagner l'entrée de la grotte pour observer l'orage.

À l'agonie, Cara contempla la haute silhouette qui scrutait le ciel illuminé d'éclairs.

— Je vous aime, murmura-t-elle pour elle-même. Je vous aime.

Cet aveu fut noyé par le bruit du vent. Un éclair zébra le ciel non loin de l'entrée de la grotte.

— Jeth ! s'écria-t-elle en se levant, tremblant de tous ses membres. Ne restez pas là ! C'est trop dangereux !

Étonné, il se tourna vers elle et pendant une fraction de seconde, leurs regards se croisèrent. Puis les chevaux commencèrent à s'agiter. Il alla leur parler doucement pour les rassurer en passant la main sur leurs flancs. Fébrile, la jeune femme se rassit.

— Comment m'avez-vous trouvée ? demanda-t-elle lorsqu'il la rejoignit enfin.

— Je vous ai vue depuis l'avion, à notre retour. Sinon, tous les hommes du campement seraient à votre recherche, Léon en tête. En partant à cheval à l'approche d'un orage, vous avez manqué de discernement.

— Vous l'avez échappé belle, vous aussi. Un avion est aussi exposé à la foudre qu'un cavalier. Votre pilote ne sait donc pas quand il convient de rester à terre ?

Jeth l'observa un long moment, visiblement perplexe.

— Non, mademoiselle Martin. Cela ne marchera pas.

— Quoi donc ?

— Votre intérêt soudain pour ma sécurité.

Cara soupira.

— C'est un procès d'intention. Ne pouvez-vous pas me faire confiance, tout simplement ?

— Ce serait stupide de ma part. Je n'ai jamais eu à affronter un ennemi plus redoutable que vous.

— Moi ? s'exclama la jeune femme, abasourdie. Qu'ai-je donc fait pour vous donner cette impression ?

— Comme si vous ne le saviez pas… Vous essayez de me battre à mon propre jeu et vous avez failli y arriver. Je vous amène ici, persuadé que vous ne tiendrez pas une semaine avant de me supplier de racheter la part de Ryan. Je m'attendais à ce que vous partiez en courant au premier scorpion qui sortirait de votre botte ou au premier lapin de garenne dévoré par un coyote. Mais vous avez inversé la donne. Au lieu d'être un boulet, vous vous révélez indispensable sur le campement. Vous avez enduré sans broncher des épreuves qui feraient fuir certains cow-boys chevronnés. Loin d'être cassante ou capricieuse, vous êtes souriante et enthousiaste. Plus je vous côtoie, mieux je comprends comment vous avez séduit Ryan. Le diable en personne ne saurait vous résister.

Cara en demeura sans voix. Le destin était parfois étrange, songea-t-elle amèrement.

— Selon vous, quelles seraient mes motivations, à part survivre à ce rassemblement de bétail ?

— Amener les hommes à changer d'avis sur vous afin de détourner leur loyauté. Vous connaissiez l'image qu'ils avaient de vous et vous avez tout fait pour vous présenter sous un autre jour. À présent, ils ne savent plus très bien quoi penser de Miss Cara. Ils ont envie de vous protéger. Pour preuve, ils voulaient se lancer à votre recherche. Ils commencent à vous considérer comme la prochaine patronne d'une La Tierra divisée, ce que je ne tolérerai pas.

Accablée, Cara se mit à trembler de la tête aux pieds et resserra le ciré contre son corps.

— Là où vous avez été très habile, reprit Jeth, c'est que c'est moi qui passe pour une brute, à cause de votre petite comédie.

— Que voulez-vous dire ?

— Votre blessure au menton, vos paumes écorchées… les hommes ont cru que j'en étais responsable.

— Pourtant, je leur ai expliqué que j'avais chuté !

— Léon vous a crue, mais pas Jim, apparemment. Il a dû convaincre les autres que je vous avais frappée.

— Oh ! Monsieur Langston ! Je suis désolée. Figurez-vous que Jim était persuadé que… vous étiez jaloux. Et que vous m'aviez maltraitée… par jalousie.

Elle se sentit rougir et resserra encore le ciré autour d'elle.

— Je vois, fit Jeth.

Il hésita à poursuivre, puis reprit posément :

— Il a raison, vous savez. J'étais jaloux. J'ai invoqué la mémoire de Ryan pour justifier ma réaction quand je vous ai vue en compagnie de mon régisseur. Léon m'a expliqué ce que vous faisiez avec Jim. Si cela peut vous rassurer, j'ai regretté amèrement de vous avoir mal jugée en voyant vos mains bandées, le premier soir, lorsque j'ai remonté la fermeture de votre sac de couchage.

Cara n'en revenait pas. Jeth Langston, jaloux ? Et c'était lui qui avait fermé son sac de couchage le premier soir ?

— Quelque chose m'échappe…

— Allons, Miss Cara ! Vous savez très bien que j'étais jaloux et vous l'avez compris avant moi. Cela ne m'étonnerait pas de vous que vous ayez monté cette histoire pour obtenir l'expression d'un sentiment de ma part. Grâce à votre expérience des hommes, vous saviez comment j'allais réagir.

— Sachez que…je ne suis pas stupide au point de… provoquer votre colère en intriguant avec un de vos employés. De plus, je ne sais rien des hommes. Votre frère est le seul que j'aie fréquenté, et pas dans le sens où vous l'entendez !

Elle tremblait de colère, mais aussi de froid, à présent. L'humidité ambiante lui glaçait les os. Jeth se dirigea vers le fond de la grotte où elle décelait à peine un vieux coffre en bois. Il en sortit une couverture et ce qui ressemblait à une serviette-éponge qu'il lui tendit.

— Je garde cette malle en cas d'urgence pour les cavaliers de La Tierra qui seraient surpris par un orage. Enlevez vite le ciré pour vous envelopper de cette couverture.

Il déplia la serviette pour l'inspecter d'un œil critique.

— Elle me semble propre… Séchez-vous les cheveux. Je vois bien que vous avez pris froid. Inutile de me regarder avec ces yeux écarquillés.

— Je suis abasourdie ! avoua-t-elle en s'emparant de la serviette. Comment pouvais-je me douter que vous seriez jaloux de Jim et moi ? Pourquoi le seriez-vous, après tout ?

Ils étaient si proches l'un de l'autre que Cara sentait la tension monter entre eux. Elle soutint son regard avec autant de courage qu'elle le put. Bientôt, elle le sentit se détendre un peu.

— Très bien, dit-il en lui tournant le dos avec un soupir. Voilà ce que je vous propose : vous vous enveloppez de cette couverture, vous vous séchez les cheveux et, ensuite, vous me parlez de vous et Ryan. Je veux savoir comment une femme désirable de vingt-quatre ans peut prétendre n'avoir aucune expérience avec les hommes.

La chaleur douillette de la couverture la rassura autant que la protection qu'elle constituait. Par où commencer ? Jeth était tellement impressionnant dans ses cuissardes qui rehaussaient la puissance de ses longues jambes.

— Alors ? fit-il. Je vous écoute…

Cara évoqua son enfance et sa passion précoce pour la musique, le rêve de ses parents de la voir devenir pianiste. Elle évoqua sa scolarité dans des établissements privés où, elle s'en rendait compte, à présent, elle n'avait pas eu l'occasion de susciter la curiosité des garçons. À Juilliard, elle venait à peine de découvrir qu'ils pouvaient s'intéresser à elle quand son univers s'était écroulé. Par la suite, ses dettes lui avaient interdit de s'attacher à un homme. Au bout de plusieurs années, elle avait aperçu le bout du tunnel et rencontré Ryan, qui lui avait offert son amitié et rien d'autre. Elle tenait à ce que Jeth sache qu'il n'y avait eu aucun homme dans sa vie. Le rapport du détective privé les aurait mentionnés, non ?

Le silence s'installa, rompu uniquement par le crépitement des flammes et les hennissements occasionnels des chevaux.

— Donc, reprit enfin Jeth, vous n'avez jamais… été avec un homme, pas même Ryan ?

Cara se sentit rougir, puis son corps tout entier fut parcouru de frissons.

— Non, murmura-t-elle. Pensez ce que vous voulez, peu m'importe.

— Ce que je veux, c'est savoir si c'est la vérité.

— Que voulez-vous dire ?

— Vous le savez pertinemment. Enfin, sauf si vous êtes aussi innocente que vous l'affirmez… sur ce plan-là. Cela ne change en rien au fait que vous avez comploté pour obtenir une part de La Tierra. Même sans expérience, il vous était facile de comprendre que vous étiez un trophée de choix pour Ryan. Vous lui avez résisté jusqu'à ce qu'il soit trop malade ou trop chevaleresque pour exiger quoi que ce soit. Personnellement, je ne suis ni l'un ni l'autre.

Sur ces mots, il se leva, la dominant de sa hauteur. En comprenant ce qu'il sous-entendait, Cara sentit son cœur s'emballer. Elle se leva à son tour, resserrant la couverture autour de son corps nu.

— Je n'en doute pas une seconde, monsieur Langston.

— Ce n'est ni le lieu, ni l'endroit, mais j'ai la ferme intention de savoir à quel point vous êtes innocente, mademoiselle Martin. Ensuite, nous repartirons sur de nouvelles bases. J'aurai au moins une réponse précise. Cette histoire relève du casse-tête.

— Si vous ne persistiez pas à déformer mes propos ou de mes actes, vous auriez des réponses à vos questions !

— Je déforme tout ? Le désir que je perçois en vous chaque fois que je vous prends dans mes bras, par exemple ? Me serais-je mépris sur les messages que m'adressent vos magnifiques yeux violets, et sur ces plaintes…

— Oui ! s'écria-t-elle, piquée au vif.

Son indignation amusa Jeth.

— Vous mentez comme vous respirez, Miss Cara. Et je vais vous le prouver…

Il la prit dans ses bras puissants. Elle se serait volontiers abandonnée à leur chaleur, mais elle se sentit obligée de résister.

— Vous profitez de la situation ! gémit-elle en crispant les doigts sur sa couverture.

— Moi, profiter de vous ? Jamais !

Il se mit à l'embrasser dans le cou.

— Vous viendrez à moi de votre plein gré. Vous le savez aussi bien que moi… souffla-t-il.

— Vous allez au-devant d'une grande déception…

— C'est impossible…

Lentement, ses lèvres remontèrent vers la bouche de la jeune femme.

— Monsieur Langston ?

— Oui, mademoiselle Martin ?

— J'ai envie d'éternuer.

Juste à temps, il lui tendit un mouchoir blanc, puis il ramassa le ciré et enveloppa Cara avec.

— Ce n'est pas parce que vous avez pris froid que vous allez vous en tirer à si bon compte. Je vous accorde un peu de répit, rien de plus. Asseyez-vous près du feu le temps que je selle les chevaux. L'orage est passé. Gardez la couverture sous le ciré pour regagner le campement. Dès demain, vous retournerez au ranch.

— Mais Léon ne s'en sortira jamais seul !

— Il ne le sera pas. Toby est arrivé avec moi en avion. Il prend le relais. Je vous ramène quoi qu'il arrive. Je ne vais pas prendre le risque de vous voir détourner mes hommes, même en toute innocence. Et n'oubliez pas que j'ai la ferme intention de découvrir jusqu'où va votre innocence. Si cette perspective vous inquiète, rien ne vous empêche de me céder la part de Ryan et de rentrer chez vous. Vous avez le choix.

Le lendemain matin, ils survolaient l'empire de Jeth Langston, une vaste plaine parsemée de puits du pétrole. En l'absence de Cara, le printemps était arrivé à La Tierra Conquistada. Les cactus étaient en fleurs et les hautes herbes vertes s'épanouissaient au soleil. Elle avait oublié à quel point la propriété était immense. Vue du ciel, la piscine brillait de mille feux.

— J'ai de la chance que votre coup de froid n'ait pas dégénéré, commenta Jeth en l'aidant à descendre de l'appareil, une lueur moqueuse dans ses prunelles grises. Ce soir, vous dînerez avec moi. Vous n'avez toujours pas joué de piano. Faites-vous belle et rejoignez-moi dans mon bureau à 19 heures.

Sans lui accorder le temps de lui répondre, il s'éloigna à longues enjambées vers les locaux administratifs du ranch pendant que le pilote, un homme entre deux âges qui travaillait également avec le bétail, garait l'avion dans le hangar. Restée seule, Cara se dirigea vers la maison.

Quand elle se rendit à la cuisine pour saluer Fiona, cette dernière rétorqua :

— Qu'est-ce que vous avez ? Vous avez le regard vitreux !

Elle avait mal à la tête et des courbatures.

— Je… je crois que je couve quelque chose. J'ai été surprise par l'orage, hier.

La gouvernante alla lui chercher deux cachets d'aspirine dans l'armoire à pharmacie.

— Avalez ça avec un verre de jus d'orange, puis montez prendre un bon bain chaud. Les petits conforts de la civilisation ont dû vous manquer. J'ai entendu dire que vous aviez bien travaillé, ajouta-t-elle avec un sourire.

— Qui vous l'a dit ?

— Le patron. Allez, filez !

Cara se détendit dans l'eau chaude et parfumée en réfléchissant à sa tenue pour le dîner. Hélas, ses muscles étaient toujours endoloris. Elle décida de faire un petit somme.

En sentant une présence au-dessus d'elle, Cara ouvrit les yeux. Au départ, elle crut rêver. Jeth Langston n'occupait-il pas ses pensées et ses nuits ? Le rêve devint réalité lorsqu'il posa un plateau fumant sur sa table de chevet.

— Vous êtes prête à tout pour repousser l'échéance, n'est-ce pas ? railla-t-il. Asseyez-vous. Je vous ai monté de la soupe.

— Quelle heure est-il ? demanda la jeune femme d'une voix enrouée.

Lorsqu'elle voulut se redresser, la chambre se mit à tourner.

— 8 heures. Vous avez dormi presque douze heures.

— Douze heures !

Il en profita pour glisser un thermomètre dans sa bouche. Il lui fit signe de se déplacer afin qu'il puisse s'asseoir sur le lit. Le matelas plia sous son poids et la hanche de Cara se retrouva contre la cuisse de Jeth. Il palpa sa joue, puis son front, pour voir si elle avait de la fièvre, puis effleura délicatement sa gorge et ses épaules.

— Détendez-vous, dit-il en la sentant se crisper à son contact. Je ne suis pas homme à profiter d'une femme alitée.

Au bout d'une minute, il examina le thermomètre, la mine sombre.

— Vous avez bien de la fièvre. Je veux que vous restiez au lit pendant quelques jours. Un peu de repos et les soupes de Fiona vous remettront sur pied.

Le regard de Jeth s'attarda sur sa chevelure soyeuse dorée par le soleil, l'ovale de son visage et son regard lumineux.

— Ai-je déclaré que je n'étais pas homme à profiter d'une femme alitée ? fit-il en posant les mains de part et d'autre de ses hanches, avant de se pencher vers elle. Pourtant, j'en meurs d'envie, en cet instant. Vous êtes irrésistiblement attirante…

— Et malade… lui rappela-t-elle. C'est certainement très contagieux.

Jeth esquissa un sourire amusé.

— Vous marquez un point. Je vais refréner mes ardeurs, dans ce cas. Rétablissez-vous vite, mon petit.

Pendant une semaine entière, Cara se reposa et profita des soupes succulentes de Fiona. À la grande déception de la jeune femme, Jeth dut retourner au campement. Du fond de son lit, elle pensait sans cesse à lui, à ce vide que lui seul pouvait combler. Sans doute voudrait-il lui faire l'amour et elle n'avait aucune envie de lui résister. Il aurait alors la preuve qu'elle n'avait rien d'une traînée. Il la verrait sous un jour nouveau. Naturellement, pour tenir sa promesse à Ryan, elle s'interdirait de révéler la vérité à Jeth, mais ce dernier connaissait son frère mieux que quiconque et, quand il connaîtrait aussi Cara… comment savoir où mènerait leur attirance réciproque, une fois qu'il serait informé de la vérité ?

Un beau matin, Cara se réveilla guérie. Les premiers rayons de soleil entraient par la fenêtre. Elle sortit sur la galerie et la longea jusqu'à la chambre de Jeth, inoccupée depuis presque une semaine, pour regarder en direction des montagnes. Soudain, un convoi de remorques et de pick-up suivi de cavaliers apparut au loin. Le rassemblement du bétail était terminé !

Elle se prépara à la hâte.

— Vous avez meilleure mine, déclara Fiona en la voyant entrer dans la cuisine. Vous vous sentez bien ?

— En pleine forme ! Et j'ai faim.

— C'est bon signe. Le patron m'a laissé des instructions pour que je vous serve de vrais repas.

— Des instructions ?

— Il est à Dallas pour ses affaires et ne sera pas de retour avant une semaine au moins. Avec la fin du rassemblement et le beau temps qui revient, les plantations ont commencé...

Mais la jeune femme ne l'écoutait plus. Soudain, elle avait perdu l'appétit.

À l'heure du déjeuner, Cara se rendit au réfectoire, où elle fut accueillie avec chaleur par Léon et les cow-boys. Elle s'attabla avec Bill, qui l'emmena ensuite à l'écurie réservée aux chevaux du personnel, dont celui de Jeth.

— Le patron a refusé qu'on la relâche dans la nature, avec les autres, expliqua le jeune homme en voyant Cara se précipiter vers Lady avec un cri de joie. Il veut sans doute qu'elle reste votre monture pour vos promenades, le temps de votre séjour ici.

— C'est très aimable à lui, répondit-elle, le dos tourné à Bill pour ne pas lui montrer sa tristesse soudaine.

— Pourquoi n'y a-t-il pas de jardin fleuri, au ranch ? demanda Cara à Fiona, le soir venu.

Les deux femmes dînaient ensemble dans la cuisine. Dans l'après-midi, en explorant la propriété, Cara avait découvert que les lauriers roses bordant l'allée étaient les seules touches colorées.

— À La Tierra, la beauté n'est pas la priorité, señorita. Tout doit être fonctionnel et productif, que ce soient les hommes ou les chevaux. Les fleurs exigent beaucoup de soins et de temps. Le patron n'a jamais demandé que l'on plante des fleurs. Il n'y a que le potager et le verger.

C'est dommage, songea Cara en pensant au cimetière. Des bouquets de fleurs fraîches apporteraient un peu de gaieté et de vie dans la maison. Dès le lendemain, elle repéra une parcelle de terre inutilisée au pied du mur d'enceinte de la propriété, face au désert.

— Pensez-vous pouvoir acheter ces graines et ces semis quand vous irez en ville, demain ? demanda-t-elle à Fiona.

La cuisinière parcourut la liste d'un air méfiant.

— Vous comptez planter ça sans la permission du patron ?

— Absolument ! s'exclama la jeune femme.

Elle s'était documentée sur les variétés locales dans un ouvrage trouvé dans la chambre de Ryan, mais la parcelle s'annonçait difficile à défricher. Il faudrait arracher les mauvaises herbes, ôter les cailloux et les pierres, enrichir le sol à l'aide de fumier… Dans l'après-midi, Cara enfila un short et un débardeur et se mit à l'œuvre. Pendant plusieurs jours, elle s'acharna à dégager de grosses pierres qu'elle comptait recycler en bordures de massifs.

En la voyant entrer dans la grange pour recueillir du fumier, Bill prit une pelle pour lui prêter main-forte.

— Le patron est au courant de vos plantations ?

— Non ! Mais qui refuserait un jardin de fleurs ?

À l'issue d'une chaude journée, il lui arrivait de regarder la piscine avec convoitise. Hélas, elle redoutait que Jeth ne rentre à l'improviste et ne lui reproche d'avoir utilisé sa piscine sans son autorisation.

C'était la fin du mois de mai. Les graines de zinnias, de pourpier, d'achillées millefeuilles et de bleuets étaient plantées, en attente du miracle de la germination. Après un bain tiède, Cara s'était couchée, vêtue d'une fine nuisette. En dépit de sa fatigue, elle ne trouvait pas le sommeil. Repoussant les couvertures, elle décida d'aller chercher un peu de lecture dans la chambre de Ryan.

Elle longeait le couloir, les bras chargés de livres quand, soudain, elle vit Jeth devant la porte de sa chambre. Il était à couper le souffle, avec son costume gris impeccable, coiffé de son Stetson, tenant une mallette en cuir d'homme d'affaires. Pendant un long moment, il observa la jeune femme d'un air impassible.

— Euh… je… bredouilla-t-elle, les jambes en coton. Vous n'étiez pas là depuis deux semaines…

— Vous avez compté les jours ? demanda-t-il d'un ton narquois.

— Oui. J'ai un… calendrier.

Elle l'avait jeté à la corbeille parce qu'elle ne supportait plus de voir le peu de temps qu'il lui restait à passer à La Tierra. Lorsque le regard de Jeth se mit à errer sur son corps, Cara prit conscience de la légèreté de sa tenue.

— Excusez-moi, fit-elle en le croisant vivement. J'ai oublié d'enfiler ma robe de chambre.

Jeth se posta devant elle pour lui barrer la route.

— Une petite minute, mademoiselle Martin. Comment allez-vous ? Vous semblez remise de votre grippe.

— Oui. Ce n'est plus qu'un mauvais souvenir.

— C'est ce que je vois, à en juger par votre bronzage. Auriez-vous chevauché Lady en petite tenue ?

— Pas du tout ! Je… J'ai fait du jardinage.

— Du jardinage ? Quel genre de plantations ?

— Des fleurs. J'ai découvert une petite parcelle inutilisée et j'y ai planté des graines.

— Pourquoi ?

Hésitante, Cara se posait la même question.

— Eh bien... je trouve que votre maison serait plus gaie avec des bouquets de fleurs. Elle est si... austère. Et vous n'avez pas de fleurs pour le cimetière...

Cara se mordit la lèvre et baissa la tête. De quel droit se permettait-elle de juger que le ranch manquait de fleurs ? Jeth allait la trouver bien présomptueuse.

— Vous trouvez ma maison austère ?

— Eh bien, elle est... très imposante et... impeccablement tenue...

— Mais austère.

— En fait, oui.

Il la prit par le menton pour l'inciter à le regarder dans les yeux. Elle décela une trace d'humour dans son expression.

— Demain matin, vous me montrerez votre jardin.

— Avec plaisir. Cela ne vous ennuie pas que je consulte ces livres ?

Prête à tout pour fuir ce contact troublant, elle désigna les ouvrages.

— Je ne me serais pas servie parmi les vôtres, mais ceux-ci appartenaient à Ryan...

Jeth retrouva son sérieux.

— Ils sont à moi, désormais. Ce qui a appartenu à Ryan est à moi. À une exception près... Vous pouvez les lire. Bonne nuit.

Il la laissa enfin passer. Cara fila vers sa chambre sous son regard insistant. Les dernières paroles de

Jeth résonnaient encore dans ses oreilles. À quelle exception avait-il donc fait allusion : elle ou les terres ?

— Il veut que vous dîniez avec lui, ce soir, annonça Fiona à la jeune femme. À 19 heures dans son bureau.

— Je devais lui montrer le jardin ce matin.

— Il est parti avant l'aube, expliqua la cuisinière. Je ne sais pas où.

Le cœur serré, Cara erra sans but dans la cuisine, vêtue d'un peignoir sur un short et un débardeur, car le fond de l'air était encore frais.

— Où réside M. Langston quand il se rend à Dallas ?

La gouvernante buvait son café en lisant le journal.

— Il a une maison en ville. Mais en général, il dort au ranch des Jeffers, des amis de longue date. Le patron va d'ailleurs épouser Mlle Jeffers, leur fille, cette année.

Fiona lui tendit le journal.

— Regardez ! C'est une photo d'elle. Elle est belle, non ?

Le cœur de Cara cessa de battre. À la rubrique mondaine, elle découvrit un cliché de Jeth en compagnie d'une ravissante brune qui le regardait en souriant. Ils étaient en tenue de soirée et, d'après la légende, assistaient à un événement caritatif. L'article précisait que les tourtereaux convoleraient dès que la succession de La Tierra Conquistada serait effective.

— Oui, elle est superbe. Puisque M. Langston n'est pas là, je vais poursuivre mon travail.

Chapitre 10

Le soleil radieux ne parvenait pas à apaiser le désespoir qui s'était abattu sur Cara tandis qu'elle se dirigeait vers son jardin. Jeth ne voulait faire l'amour avec elle que pour lui soutirer la part d'héritage de Ryan ! Et le plus tôt serait le mieux, car il pourrait ensuite se marier. Pas étonnant qu'il ait semblé contrarié de la voir, la veille. S'il sortait des bras de sa fiancée, il ne voulait pas se retrouver dans les siens immédiatement. Elle qui avait espéré que ce rapprochement les aiderait à régler leur conflit… Elle avait même rêvé que Jeth en viendrait à l'aimer en retour. Comme elle se berçait d'illusions !

Cara travailla d'arrache-pied avec une énergie que décuplaient sa détresse et son amertume, au point qu'elle défricha également une parcelle voisine. Dans son état d'agitation, elle aurait été capable de déblayer le désert tout entier. Seuls son jardin et Lady lui permettraient de supporter le temps qui lui restait au ranch.

Jeth revint en fin d'après-midi, au moment où Cara venait de terminer sa journée de travail. Sa peau avait légèrement rougi au soleil et ses genoux et son débardeur étaient maculés de terre. Le front moite, elle épousseta son short plein de sable. Quand elle remarqua sa présence, près de la clôture, il l'observait depuis un long moment déjà. L'espace d'un instant, le plaisir de le voir paralysa la jeune femme. Les yeux gris de Jeth s'attardèrent sur ses seins généreux, avant de descendre vers ses jambes fuselées.

Refoulant son plaisir absurde, Cara passa devant Jeth sans un mot.

— Eh bien, petite…

Il s'esclaffa, ce qui ne devait pas lui arriver souvent, et l'attrapa par le bras pour la couper dans son élan.

— Serais-je responsable de cette mine sombre ? demanda-t-il. Dans ce cas, j'en suis désolé. Je n'ai pas pu me libérer ce matin. Un problème à régler au bureau de Santa Cruz.

Non seulement le patron de La Tierra venait de s'excuser, mais il lui souriait, ce qui le métamorphosait. Il semblait plus jeune, moins sévère.

— Je ne m'attendais pas à ce que vous veniez, mentit-elle. Je sais que vous êtes très occupé. De toute façon, j'ai terminé pour aujourd'hui. Je vous montrerai mes plantations une autre fois.

— Montrez-les-moi maintenant, insista Jeth, intrigué. Pourquoi êtes-vous si nerveuse ? Et si vous piquiez une tête dans la piscine, histoire de vous détendre et de vous rafraîchir ? Je venais vous proposer une baignade, justement.

Cara le regarda fixement. En dépit de ses efforts, elle n'arrivait pas à le détester. Il portait un pantalon de toile et une chemise en coton léger à la coupe western qui soulignait à merveille ses larges épaules et sa taille fine. Son Stetson noir avait fait place à un modèle gris clair. En scrutant ce visage tant aimé, elle cherchait à graver ses traits dans sa mémoire afin de les garder dans son cœur lorsqu'elle aurait quitté le ranch.

— Qu'est-ce qui ne va pas ? demanda-t-il avec sollicitude, pourquoi me regardez-vous comme ça ?

— Me permettez-vous de repousser cette baignade à un autre jour ? Pour ce qui est du jardin, le voici. Si vous ne connaissez pas les fleurs, le nom des espèces ne vous dira rien. En août, je planterai des soucis et des calendulas dans la parcelle que j'ai défrichée aujourd'hui. Ce sont des fleurs d'automne qui devraient fleurir même après les gelées. Il y aura des fleurs jusqu'à Noël si l'hiver n'est pas trop rigoureux.

— Vous comptez être là à Noël ?

Sa question n'avait rien d'agressif. Peut-être même était-elle innocente. Cara crut déceler une note de contrariété dans le ton de sa voix. Sans doute se faisait-elle des idées...

— Oui ! riposta-t-elle avec force. En dépit de vos efforts pour me chasser !

Quand Cara voulut passer devant lui pour s'enfuir, il l'enserra par la taille et la plaqua contre lui. Elle se débattit si furieusement que son chignon se défit et ses cheveux cascadèrent sur ses épaules. Jeth retint son souffle. Elle décela une lueur étrange dans son regard gris.

— Lâchez-moi ! s'indigna-t-elle. Vous êtes un monstre !

Jeth se contenta d'enfouir les doigts dans sa crinière blonde afin d'immobiliser sa tête.

— Cessez de vous débattre ou je vais devoir vous embrasser. Je vais le faire, de toute façon, mais parlez-moi d'abord de ce qui vous tracasse. Cette saute d'humeur ne vous ressemble pas.

Le cœur de Cara s'emballa. Elle sentit avec effroi ses mamelons durcir contre son torse puissant. À son sourire narquois, elle devina qu'il les sentait, lui aussi.

— Lâchez-moi je vous dis ! Je suis épuisée. J'ai trop chaud, je suis en nage…

— Je vous trouve à la fois fraîche et rafraîchissante, comme une baignade en plein soleil…

Cara s'offusqua et émit une plainte désespérée.

— Ne me touchez pas ! Je refuse d'être votre distraction de l'après-midi. Je crains que vous ne vous fassiez des illusions à mon propos !

— Chut...

Jeth se pencha vers elle tout en l'attirant vers lui.

— On peut dire que vous me distrayez, pourtant. Matin, midi et soir. Je ne cesse de penser à la femme superbe qui dort dans une chambre située à quelques mètres de la mienne…

— Même quand vous êtes à Dallas ? demanda-t-elle avec dédain.

Elle s'en voulut aussitôt. Il ne fallait pas qu'il sache qu'elle était au courant de ses projets de mariage, car cela l'inciterait à intensifier ses attentions envers elle. De plus, elle préférait mourir que de lui avouer ses sentiments pour lui.

— *Surtout* quand je suis à Dallas, répondit-il d'une voix grave et rauque qui toucha la jeune femme en plein cœur. Quand je suis là-bas, je n'ai qu'une envie : revenir au ranch pour vous voir.

— Pour m'espionner, plutôt !

La dérision qu'elle affectait sonnait faux.

— Non, répliqua-t-il. Pour faire ceci…

Ce baiser surpassa tout ce qu'elle avait pu imaginer dans ses rêves les plus fous. Au départ crispée, elle capitula vite face à son désir grandissant et s'abandonna sans retenue à ses lèvres. Il l'embrassa doucement, puis se mit à explorer sa bouche avec une ardeur qui attisa son envie irrépressible de lui appartenir. Elle enroula les bras autour de son cou et se hissa sur la pointe des pieds pour mieux s'offrir à son étreinte puissante. Quand il rompit leur baiser, ce ne fut que pour une fraction de seconde. Cara ouvrit les yeux et lut dans le regard de Jeth un sentiment qui allait au-delà du désir, une sorte de choc, de ravissement.

— Cara… vous êtes... Je vous veux et je vous aurai, vous êtes une drogue sans laquelle je ne peux vivre…

Sur ces mots, il reprit son baiser avec une avidité décuplée, presque dominatrice. Mais la déclaration enflammée s'était insinuée dans l'esprit de la jeune femme que la torpeur menaçait d'engloutir. Rassemblant les vestiges de sa fierté, elle tenta de le repousser. À quoi pensait-elle donc en s'offrant à lui ? Il n'était pas question qu'il se serve d'elle comme d'une traînée pour récupérer la totalité de son ranch ! Il voyait en elle une chasseuse d'héritage que, une fois dans son lit, il aurait la satisfaction de jeter dehors. Et après avoir fait l'amour avec lui, voudrait-elle encore lui céder sa part ? Dès qu'elle aurait signé, elle devrait quitter La Tierra Conquistada sans avoir tenu sa promesse à Ryan.

Il ne lui restait qu'une seule solution : s'arranger pour qu'il ne veuille pas d'elle. Lorsqu'il cessa de l'embrasser pour l'interroger du regard, elle élaborait déjà une tactique en espérant avoir le courage de la mettre en œuvre. Avec un sourire triomphal, Cara se força à croiser le regard étonné de Jeth. Aussitôt, il resserra son emprise.

— Qu'est-ce que vous faites, Cara ? demanda-t-il sombrement. Vous ne m'avez pas ouvert la porte pour me la claquer au nez !

Pour toute réponse, elle se blottit langoureusement dans ses bras.

— C'est une façon de voir les choses, ronronna-t-elle en battant les cils. Je voulais savoir si vous me désiriez vraiment.

Sur ces mots, elle s'humecta les lèvres d'un air provocateur.

— Et je crois que c'est le cas. Hélas, vous allez devoir patienter. Je ne mélange jamais le plaisir et les affaires. Avec Ryan, c'était inévitable, bien sûr, et vous êtes très tentant. D'autant que cela fait longtemps… mais je crois que je vais m'en tenir à une méthode éprouvée.

Sous le choc, Jeth la relâcha comme s'il venait de se brûler.

— Vous voulez dire que vous et Ryan… que l'histoire que vous m'avez racontée dans la grotte n'était qu'un tissu de mensonges ?

Cara émit un rire moqueur, puis elle glissa les mains sur le torse de Jeth, qui eut un mouvement de recul.

— À présent, c'est moi qui ai les cartes en mains… il ne se passera rien avant que la succession ne soit effective. Ensuite, si vous êtes encore intéressé, eh bien, je serai partante…

L'insulte de Jeth résonna longtemps dans l'air. Face à son explosion de rage, elle recula.

— Je préfère encore coucher avec un coyote ! gronda-t-il. Je me demandais quand la traînée qui sommeille en vous allait refaire surface. Dire que Ryan a aimé une garce de votre espèce !

Les poings serrés, il avança d'un pas. Son expression exprimait un tel dégoût que Cara dut fermer les yeux pour ne plus le voir.

— Vous venez de tout gâcher, maugréa-t-il d'une voix menaçante et glaciale. J'ai failli tomber dans le piège que vous avez tendu à Ryan. Heureusement pour moi, votre curiosité vous a trahie. Raté…

Sur ces mots, il s'éloigna sous les yeux de Cara. Une brise fraîche vint lui caresser le visage et les jambes. Elle était humiliée, bouleversée, mais son plan avait fonctionné. Il la méprisait plus que jamais ! Néanmoins, il y avait eu ce moment trop bref de magie entre eux. L'espace d'un instant, elle avait vu l'âme de Jeth dans ses yeux. Abasourdie, elle se mit en route vers la maison, prête à affronter le pire de la tempête.

À 21 heures, elle entendit frapper à la porte de sa chambre, juste au moment où elle sortait de son bain pour enfiler un long peignoir.

— Señorita ! fit la voix de Fiona.

La tête de la gouvernante apparut dans l'entrebâillement de la porte.

— Je vous en prie, ne le faites pas attendre. Je ne l'ai jamais vu comme ça. Il est fou furieux ! J'ai peur…

— Je ne suis pas habillée !

— Señorita… je vous en supplie, allez le rejoindre tout de suite. Il ne faudrait pas qu'il vienne ici.

Cara dévisagea la gouvernante livide. Jamais elle n'aurait cru l'entendre parler avec ces inflexions. Elle sentit la terreur s'emparer d'elle.

— Très bien, concéda-t-elle en suivant Fiona. Il a bu ?

— C'est le moins qu'on puisse dire, señorita. Le diable en personne.

Arrivée au bas des marches, elle regarda Cara droit dans les yeux.

— Je serai dans la cuisine, lui dit-elle.

— Merci, Fiona, murmura-t-elle.

Le patron de La Tierra se tenait devant la cheminée froide. En entrant, Cara sentit une odeur de cigare. Jeth tenait un verre de bourbon. Il toisa la jeune femme, toujours drapée dans un peignoir.

— Je vous ai fait sortir de votre bain ?

— Presque, répondit-elle froidement. De quoi vouliez-vous me parler ?

— De vous, mademoiselle Martin. Non, ne vous asseyez pas. Je préfère que vous restiez debout. Quant à moi, je vais m'asseoir, car la journée a été difficile.

Cara en eut la chair de poule. Fiona avait raison : il y avait de l'électricité dans l'air. Jeth vida son verre d'une traite. Puis il reprit son cigare. Il posa sur elle un regard glacial.

— J'ai été laxiste pour honorer la mémoire de mon frère, parce qu'il vous aimait. Toutefois, vu le genre de femme que vous êtes, je n'ai plus aucune raison de vous ménager en sa mémoire.

— Parce que vous m'avez témoigné de la considération ? railla Cara, les poings serrés dans les poches de son peignoir.

Jeth esquissa un rictus amer.

— Vous en serez persuadée quand vous entendrez comment vous allez payer le gîte et le couvert pour le reste de votre séjour ici.

Il l'observa comme s'il cherchait à lire dans ses pensées. Elle éclata d'un rire sans joie.

— Détendez-vous. Vous ne risquez rien. Je n'ai jamais été attiré par les prostituées, surtout pas celles de Ryan. Non, je connais de meilleurs moyens d'utiliser votre corps. Demain matin, à 7 heures, vous vous présenterez aux écuries. Homer Pritchard en est le responsable. Il vous remettra l'équipement nécessaire et vous nettoierez les stalles. Vous aurez d'autres tâches, bien sûr. Homer vous expliquera. Vous travaillerez là-bas jusqu'à midi, puis vous pourrez déjeuner. Où ça ? À vous de voir. À 13 heures, vous vous présenterez à Pepe Martinez, qui s'occupe du potager et du verger. Il a un bureau à plus d'un kilomètre des écuries. Homer vous conduira là-bas demain pour vous montrer le chemin. Par la suite, vous devrez vous y rendre par vos propres moyens. Pepe vous indiquera vos tâches. Il en sera ainsi jusqu'à ce que je trouve quelque chose de plus… approprié pour occuper votre temps. C'est compris ?

— Absolument.

— Parfait. Bien sûr… rien ne vous empêche de nous quitter, mais j'espère que vous n'en ferez rien. Je suis impatient de rendre votre séjour chez nous des plus inoubliables.

— Je n'en doute pas une seconde, monsieur Langston. Soyez rassuré, je n'ai aucune intention de partir. Autre chose ?

— Oui. À propos du piano. Vous avez ma permission de jouer. Néanmoins… sans douter de votre talent, je ne veux pas vous voir au clavier tant que je suis dans la maison. Ma mère était une grande dame. Je ne supporterais pas de voir une traînée à sa place.

Face au silence de Cara, il tira sur son cigare et souffla un nuage de fumée, puis il poursuivit :

— Encore une chose, mademoiselle Martin. Vous avez transformé une partie de mes terres en jardin. Veillez à ce qu'il fleurisse. Je ne tolère aucun gaspillage, ni d'eau, ni de temps, et encore moins les distractions improductives. C'est clair ?

— Comme de l'eau de roche. Ce sera tout ? Vous avez raison, la journée a été difficile.

La contenance affichée de la jeune femme lui valut les foudres de Jeth.

— Non ! Ce n'est pas tout !

Il jeta son cigare dans la cheminée et rattrapa Cara avant qu'elle ait pu s'enfuir. D'une main experte, il saisit la ceinture du peignoir.

— Maintenant, c'est à vous de satisfaire ma curiosité. Je veux voir ce qu'il me faudra refuser quand notre affaire sera réglée.

Avec effroi, elle sentit Jeth arracher le peignoir de ses épaules. Elle voulut hurler, mais seule une plainte affolée sortit de sa bouche. D'un air plein de morgue, il commença son inspection impitoyable des charmes de la jeune femme. Comprenant qu'il ne servait à rien de se battre, elle ferma les yeux, mortifiée, attendant que les secondes s'égrènent.

Satisfait, il remonta le peignoir sur ses épaules.

— Remettez de l'ordre dans votre tenue, mademoiselle Martin, ordonna-t-il, implacable. Et sortez d'ici ! Vous êtes aussi désirable que je me l'imaginais. Pour cette raison, je pardonnerai à mon frère de s'être suffisamment amouraché de vous pour diviser nos terres. Vous, en revanche, je ne vous le pardonnerai jamais. Et vous allez le regretter amèrement chaque jour de votre séjour ici.

De retour dans sa chambre, Cara demeura allongée dans le noir, guettant les pas de Jeth devant sa porte. Bien après minuit, en entendant des pas décidés sur le carrelage, elle retint son souffle. Elle eut l'impression qu'il s'arrêtait devant sa porte et plissa les yeux pour voir si la poignée bougeait. Il n'en fut rien. Son imagination lui jouait des tours…

Le lendemain matin, Cara se rendit dans le vaste complexe des écuries. Lady et l'étalon du patron logeaient dans des stalles plus proches de la grande maison, ce dont la jeune femme se réjouit, car elle n'aurait pas à croiser Jeth quand il viendrait seller Dancer, son cheval bai. En entrant dans la cour, elle découvrit non moins d'une centaine de box. Devrait-elle les nettoyer tous ? Homer Pritchard lui fit immédiatement comprendre qu'il réprouvait la présence d'une femme dans son domaine.

— Les ordres sont les ordres, bougonna-t-il en lui tendant une fourche.

Il lui fit signe de le suivre jusqu'à un box où un cheval l'observa d'un œil curieux.

— Vous avez peur ? s'enquit Homer d'un air mauvais.

Cara secoua la tête.

— Bon, c'est déjà ça. Vous avez déjà nettoyé un box ?

Lorsqu'elle répondit par l'affirmative, il cracha à terre. Cara réprima un frisson d'effroi.

— Tant mieux. Vous vous chargerez de ces trente-là. Voici votre brouette. Les bennes se trouvent derrière le bâtiment. On essaie d'avoir terminé pour midi, quand les camions viennent vider les bennes et porter le fumier dans les champs. Il vous faudra sans doute plusieurs jours pour prendre le rythme. Ensuite, le patron veut que vous vous débrouilliez seule.

— Vous direz à M. Langston de ne pas s'inquiéter pour ça, riposta-t-elle un peu sèchement.

À midi, elle se rendit dans le vaste potager à bord du camion-benne conduit par un homme taciturne. Elle n'avait pas eu le temps de manger le sandwich que Fiona lui avait préparé et que, malheureusement, elle avait oublié aux écuries… De toute façon, elle était trop fatiguée pour manger, et il lui restait une demi-journée de travail.

Pepe Martinez était un petit homme aussi trapu et chaleureux qu'Homer était élancé et hostile. Il la regarda avec compassion et haussa les épaules de façon éloquente quand elle se présenta.

— Je regrette, señorita, mais j'ai des ordres…

Il lui tendit un outil étrange rappelant une pince munie de longs manches.

— Pour les mauvaises herbes, expliqua-t-il en désignant le champ de haricots.

— Je dois désherber tout le champ ? demanda-t-elle.

— Si, señorita.

Au fil des jours, il devint manifeste que Cara ne retrouverait pas l'atmosphère amicale du rassemblement du bétail. Conformément aux instructions de leur patron, les employés l'évitaient avec soin ou l'ignoraient. Ses anciens camarades la croisaient sans s'arrêter pour lui proposer de l'emmener. Personne ne l'invitait à boire un café et manger son sandwich sous la tente dressée à côté du bureau de Pepe Martinez.

Bill, qui lui manquait beaucoup, avait été promu au poste de régisseur dans un autre établissement de Jeth – une mutation certainement accélérée par l'amitié qu'elle témoignait au jeune homme. Cara voyait rarement Léon, occupé au réfectoire par la découpe de la viande et la congélation des légumes. Seul Jim Foster demeurait accessible, mais sa compassion mettait la jeune femme mal à l'aise, car elle suggérait une alliance contre Jeth Langston, une attitude qui la contraignait à éviter le régisseur.

Le mois de juin s'écoula, puis le mois de juillet. Certains jours, Cara n'entendait même pas le son de sa propre voix. En août, sous un soleil implacable, elle s'échina sans relâche, déterminée à ne pas donner à Homer et Pepe la moindre raison de se plaindre d'elle auprès de leur patron. Peu à peu, elle s'accoutuma à la solitude de ces heures interminables. Sa peau se mit à brunir, ses cheveux à blondir et, dans son jardin, des fleurs apparurent enfin. Dans la maison, de gros bouquets ornaient désormais tables et commodes. Les tombes des membres de la famille Langston étaient moins austères.

Il n'avait pas oublié l'existence de son jardin. Un soir, Cara trouva des traces de pas dans la terre humide. Une personne aux grands pieds était venue inspecter le fruit de son travail. *Jeth,* songea-t-elle, le cœur en joie.

Depuis cette soirée dans son bureau, Cara avait réussi à éviter tout tête-à-tête avec le propriétaire de La Tierra. À sa demande, il avait accepté de transférer Lady dans l'un des box dont elle s'occupait. Ainsi, à la fin de la journée, au moment où Jeth terminait dans la piscine ses longueurs quotidiennes, elle sellait sa jument pour une balade au crépuscule. Il se retirait dans son bureau pour travailler bien avant son retour, et après une visite à son jardin en fleurs, elle empruntait le grand escalier pour regagner sa chambre et dîner seule.

Les rares fois où Jeth s'absentait du ranch, Cara passait ses soirées au piano et laissait les airs mélancoliques exprimer sa douleur. Parfois, Fiona, qui s'était prise d'affection pour elle, venait l'écouter, appuyée sur le chambranle de la porte. Un soir, alors qu'elle s'installait sur le tabouret, ses doigts effleurèrent les touches et s'élancèrent dans un concerto de Rachmaninov qui reflétait à merveille son humeur sombre. Dans l'après-midi, en promenant Lady au pied des collines, elle avait croisé Diable. Le splendide étalon les avait observées depuis une corniche et Cara avait soutenu son regard. Dans les yeux noirs du cheval, le message semblait limpide : tu portes la marque de La Tierra Conquistada. Tu ne seras plus jamais la même. Tu ne seras jamais libre.

Grâce à la musique, elle se défoulait de ce chagrin qui l'accablait. Ce n'est qu'en enfonçant les touches de l'ultime accord qu'elle perçut un parfum familier dans la pièce : celui du cigare de Jeth. Étonnée, elle fit pivoter le tabouret. La pièce était vide. De peur d'être victime de son imagination, Cara se dirigea vers le grand fauteuil qui trônait à l'entrée du bureau. Elle découvrit des cendres encore fumantes dans le cendrier. Il était de retour ! Et il l'avait écoutée interpréter le deuxième concerto…

Fin août, le jean usé de la jeune femme craqua au niveau des genoux, l'obligeant à couper les jambes de son pantalon. Elle en profita pour tailler également les manches de ses chemises, qui lui tenaient trop chaud. Elle fit des ourlets du mieux qu'elle put, n'étant pas très douée pour la couture.

— Fiona, demanda-t-elle plus tard, pourriez-vous me couper les cheveux ?

La gouvernante, habituellement impassible, exprima pour une fois un sentiment.

— Vous couper les cheveux, señorita ? Quel dommage ! Ils sont superbes ! On dirait de l'or !

— Ils me tiennent trop chaud et je ne peux pas en prendre soin comme je voudrais.

— Bon, d'accord, concéda Fiona.

Un samedi après-midi, après son travail aux écuries, Cara se retrouva ainsi sur un tabouret de la cuisine, une serviette sur les épaules, tandis que Fiona s'affairait à l'aide d'une paire de ciseaux.

— Qu'est-ce que vous faites, nom de Dieu ! gronda une voix grave, depuis le seuil.

Fiona s'interrompit soudain, les ciseaux dangereusement proches des yeux de la jeune femme.

— Je... Je coupe les cheveux de señorita Martin, patron, balbutia-t-elle. C'est elle qui me l'a demandé.

— Arrêtez immédiatement !

Hélas, il était trop tard. Les mèches soyeuses et dorées gisaient à terre.

Cara demeura silencieuse, la tête droite. Jeth vint se poster face à elle, à la fois horrifié et surpris.

— Mon Dieu... souffla-t-il.

Se demandant de quoi elle pouvait avoir l'air, elle porta la main à sa tête. Fiona avait commencé d'un côté, près de l'oreille, avant de couper en direction de l'autre oreille. Jeth observa également son jean et sa chemise taillés maladroitement.

— Mes cheveux me tenaient trop chaud.

— Ça peut se comprendre.

Il prit une de ses mains et l'examina avec soin. Cara rougit et l'ôta vivement de la sienne pour la cacher sous la serviette. Elle avait honte de ses ongles cassés et de sa peau calleuse.

— Vous ne portez plus de gants ? s'enquit Jeth. Qu'est-il arrivé à ceux que je vous ai achetés ?

— Ils sont usés depuis longtemps. Je n'en ai plus besoin.

Il la foudroya d'un regard qui lui donna envie de fuir ce mélange de pitié et de dégoût. Les mains de

Sonya Jeffers devaient être douces comme de la soie. Et jamais elle ne se promènerait dans cette tenue.

Enfin, Jeth quitta la cuisine. Les deux femmes échangèrent un regard.

Chapitre 11

— Samedi prochain, il y a une soirée dansante et j'aimerais bien vous y emmener. Ça vous dit ?

Jim Foster avait suivi Cara dans un box où elle répandait du foin. En cette fin septembre, le fond de l'air était frais, surtout le matin.

— Eh bien, je ne sais pas…

Elle avait presque oublié le sens du mot « sortie ».

— Pourquoi pas ? insista le régisseur, très empressé. On vous interdit de sortir après le travail ?

Excellente question, songea Cara, qui leva enfin les yeux vers lui. Elle devait l'admettre, Jim se montrait aimable, au risque de braver les ordres du patron, une attitude courageuse qui faisait regretter à la jeune femme sa méfiance envers lui. Jeth était-il au courant de leurs relations amicales ? De toute façon, il n'avait plus aucune raison d'être jaloux de Jim...

— J'adorerais venir. Comment dois-je m'habiller ?

— Mettez une robe, lui répondit-il sans l'ombre d'une hésitation.

Elle passa le samedi après-midi à se préparer pour son rendez-vous. Elle choisit une robe bleue au décolleté plongeant, à manches courtes, dont le tissu léger tournoyait autour de ses jambes, et compléta sa tenue d'une paire de sandales à talons. À mesure qu'approchait l'heure de retrouver Jim, Cara était de plus en plus impatiente. En mettant les dernières touches à son maquillage, elle se surprit même à chantonner. Cela faisait si longtemps qu'elle ne s'était pas pomponnée… Lorsqu'elle inspecta enfin son reflet dans la glace, elle n'en revint pas. Était-elle vraiment devenue cette créature de rêve aux cheveux blonds, à la peau dorée et aux yeux violets ?

En entendant frapper à la porte, elle émergea de ses pensées et s'écarta du miroir pour aller ouvrir. Elle s'attendait à voir Fiona, mais c'était Jeth qui se tenait sur le seuil. Plus imposant que jamais, il était tout de gris vêtu, une tenue qui rehaussait son regard d'acier. D'abord sans voix, la jeune femme redouta qu'il ne soit venu lui interdire de sortir. Son cœur se mit à battre la chamade.

Jeth fut le premier à prendre la parole :

— Jim Foster vient d'appeler. Il a un imprévu et se trouve dans l'impossibilité de vous emmener danser ce soir. Je lui ai dit que je vous transmettrais ses excuses.

Cara ne répondit pas immédiatement tant sa déception était grande. Quand elle s'exprima enfin, ce fut d'une voix brisée.

— Jim est encore en ligne ?

— Non.

— Je vois… Merci.

Au moment où elle allait refermer la porte, il l'en empêcha.

— Mademoiselle Martin…

Mortifiée, Cara se résolut à croiser son regard. Elle imaginait déjà son air moqueur ou, pire encore, sa pitié. Il n'était pas dupe. Or elle ne lut que de l'admiration dans ses prunelles grises.

— Il serait dommage que vous vous soyez apprêtée pour rien. Fiona a pris sa soirée. Je sais que ce n'est pas ma compagnie que vous recherchiez, mais accepteriez-vous de partager avec moi une pièce de bœuf et une bouteille de votre vin préféré ?

La proposition était tentante… le cœur de la jeune femme s'emballa. La perspective de rester seule dans sa chambre ne lui disait rien qui vaille, surtout après une telle déconvenue.

— Je m'étonne que vous n'ayez pas de projets pour ce soir, déclara-t-elle, méfiante.

— Mon rendez-vous est tombé à l'eau, lui aussi.

— J'espère que vous n'êtes pas trop déçu.

— Certainement moins que Jim… Alors, qu'en dites-vous ?

— Vous me proposez une trêve pour ce soir ?

— Pourquoi pas ? C'est mieux que de rester chacun de son côté, non ?

En guise d'acquiescement, Cara esquissa un sourire que son teint hâlé ne rendait que plus éclatant, au point que Jeth en eut le souffle coupé.

— C'est une première, commenta-t-il.

— Quoi donc ?

— Votre sourire.

— Une fois de plus, vous avez une longueur d'avance sur moi, monsieur Langston, car je n'ai jamais vu le vôtre.

Dans la cuisine d'été, au bord de la piscine, Jeth alluma le gril et servit deux verres pendant que Cara tournait la salade et enfournait les pommes de terre. Plus tôt, une tension s'était créée entre eux quand Jeth avait cherché de l'alcool à brûler pour enflammer le bois de mesquite.

— Fiona garde sa réserve dans ce placard.

Machinalement, elle avait déplacé un tabouret que la cuisinière utilisait pour atteindre les étagères supérieures. En devinant son intention, il s'était empressé d'intervenir :

— Ne vous donnez pas cette peine, je m'en charge.

Se postant dans le dos de la jeune femme, il avait levé le bras pour saisir le flacon. Leurs corps s'étaient frôlés. Aussitôt, Cara avait senti ses muscles se raidir et, l'espace de quelques secondes insensées, elle avait eu l'impression que les lèvres de Jeth s'étaient attardées sur sa chevelure. Au bout de ce qui lui parut une éternité, il s'écarta enfin.

— Je le tiens, dit-il. Sortons. Votre vin vous attend.

Ils burent un verre au bord de la piscine en admirant l'un des derniers couchers de soleil de septembre.

— Cet espace se prêterait à merveille aux réceptions, déclara Cara. Vous arrive-t-il d'en organiser ?

À son silence et sa façon de faire tournoyer son verre, elle comprit qu'elle avait touché un point sensible.

— Ma résidence de Dallas est plus propice aux mondanités.

Cara ne pouvait se méprendre sur ses propos.

— C'est à cause de moi ?

— Oui, répondit-il en soutenant son regard. À cause de vous.

— Mais, monsieur Langston… bredouilla-t-elle, désemparée. Je m'en voudrais de vous priver de votre vie sociale au ranch. Jamais je ne m'imposerais dans vos soirées ! Dites-moi que ce n'est pas ce que vous redoutez, quand même !

Elle était gênée et un peu agitée. Soudain, son vin eut un goût de vinaigre.

— Mademoiselle Martin, ne gâchons pas cette soirée en rompant notre trêve. Je ne doute pas de vos bonnes manières. Je suis certain que vous resteriez invisible, comme une parente enfermée au grenier pendant que les autres passent du bon temps en bas. Ce n'est pas mon genre. De toute façon, je vais tellement souvent à Dallas qu'il m'est aussi facile de remplir mes obligations sociales en ville.

Cara songea à l'article de journal et à la photo de sa fiancée, qui connaissait tous ses amis et ses associés en affaires. Une hôtesse irréprochable, assurément, et curieuse de la mystérieuse pensionnaire que Jeth hébergeait au ranch.

Désireux de détourner la conversation, il l'interrogea sur Marblehead. Elle se fit un plaisir d'évoquer l'histoire de sa région et, sans jamais citer le nom de Ryan, les endroits qu'ils fréquentaient, surtout Devereux Beach, le front de mer et son spectacle enchanteur. Au bout d'un moment, elle s'interrompit brutalement car l'attention de Jeth semblait avoir vagabondé. Sans doute pensait-il à Dallas…

— Excusez-moi. Je vous ennuie…

Il se tourna vivement vers elle.

— Ne dites pas de bêtises. Vous savez très bien que c'est impossible. J'étais simplement transporté à Devereux Beach… avec vous et Ryan.

Ainsi, il savait… Elle faillit lui avouer : si seulement vous aviez été avec nous.

— Boston vous manque beaucoup ?

— Pas autant que je ne m'y attendais, avoua Cara en toute franchise.

En réalité, la Nouvelle-Angleterre ne lui manquait en rien.

— Vous devez trouver le Texas bien différent de votre univers familier.

— Pas tant que cela. C'est peut-être parce que j'ai grandi au bord de l'océan. Je suis habituée aux grands espaces, à l'horizon.

— Vous… y a-t-il quelque chose que vous appréciez, chez nous ?

Cara se mit à rire. Le vin commençait à lui tourner la tête.

— Si je vous disais que j'aime tout, vous y verriez un signe que j'entends conserver la part de Ryan et m'installer définitivement ici !

Face à son air surpris, elle crut bon de le rassurer :

— J'ai promis de vous la rendre et je le ferai mais, pour répondre à votre question, oui, j'aime cette partie du Texas. J'apprécie l'air frais, la chaleur et même le vent qui souffle en permanence. Et j'aime ces terres parce qu'elles sont aussi implacables que vous. Pourtant, grâce à mon jardin, j'ai découvert que, si on lui accorde de l'attention et si l'on répond à ses besoins, cette terre peut se montrer généreuse et aimante.

— Comme moi ? fit Jeth d'un air énigmatique, les yeux rivés sur elle.

— Comment le saurais-je ? demanda-t-elle, les joues empourprées.

Elle se montrait trop bavarde. Manifestement, elle ne supportait pas bien l'alcool.

— Et si nous passions à table ? Je suis un peu éméchée.

À l'issue de la soirée, Jeth ne lui proposa pas de la raccompagner dans sa chambre, ce dont elle aurait dû se réjouir, car il était conscient du désir palpable qui vibrait entre eux, et qui était monté d'un cran lorsqu'ils avaient entamé une partie d'échecs. Chaque mouvement prenait un double sens à mesure qu'il mettait sa reine en péril.

— Vous renoncez avant la fin de la partie ? avait-il demandé d'un ton moqueur lorsqu'elle avait invoqué l'heure tardive pour se retirer.

S'il avait su à quel point sa réflexion avait fait mouche… Il ne restait plus à la jeune femme que quelques mois au ranch, et le temps filait à une vitesse incroyable. Oui, elle risquait bien de partir avant la fin de la partie…

— Nous la reprendrons une autre fois, peut-être, répondit-elle avec un sourire poli.

Elle enfila les sandales qu'elle avait ôtées pour sentir le tapis moelleux sous ses pieds. Jeth posa son cigare et se leva lentement. Sous son regard médusé, il fit le tour de la table et la prit doucement par les poignets pour l'aider à se lever. Elle se raidit au contact de ses pouces sur ses paumes. Hélas, elle manquait trop d'expérience pour savoir s'il la provoquait. Quoi qu'il en soit, elle en eut des frissons, surtout quand il se mit à examiner ses mains.

— Je suis content qu'elles soient telles qu'elles étaient auparavant.

Troublée, Cara ne put soutenir son regard. Devait-elle parler des gants de jardinage qu'elle avait trouvés dans sa chambre ? Elle avait déjà remercié Fiona. Par fierté, elle ne dit mot.

— Pensez-vous que ces jolies mains sauraient tenir et manier un fusil ?

Cette question inattendue laissa Cara bouche bée. En voyant le regard de Jeth s'attarder sur ses lèvres, elle voulut s'écarter, mais il la retint.

— Demain matin, après le petit déjeuner, je vous emmènerai au champ de tir pour vous entraîner sur quelques cibles. Quand vous sortez avec Lady, vous feriez mieux d'être armée. Et ne discutez pas, car c'est une règle que j'impose sur ce ranch. On ne sait jamais ce qui peut se passer, à l'approche de l'hiver, quand les coyotes ont faim.

Il relâcha enfin ses mains et se pencha pour ramasser les fines sandales.

— N'oubliez pas ceci, ajouta-t-il d'un rire sardonique.

Quand Cara voulut s'en saisir, il les retint un peu plus longtemps que nécessaire.

— Bonne nuit, monsieur Langston, dit-elle d'un ton qui se voulait assuré, avant de filer sans demander son reste.

Le lendemain, ils se rendirent dans une partie isolée du ranch où Jeth enseigna à la jeune femme l'art de manier la carabine. Lorsqu'il se plaqua dans son dos pour nicher la crosse dans le creux de l'épaule de son élève, elle frémit de tout son corps. Il prolongea le contact le temps qu'elle fasse feu, sans se soucier le moins du monde d'avoir un bras plaqué sur ses seins.

Lors du trajet de retour vers la grande maison, il observa à la dérobée le chemisier en soie et le pantalon en toile qu'elle avait choisis pour cette leçon de tir.

— Si vous comptez passer l'hiver ici, il vous faudra une garde-robe adaptée. Demain, vous prendrez la voiture et vous retournerez chez Miss Emma.

— Au risque de vous sembler lâche, je préfère me contenter de mes haillons que d'endurer une nouvelle entrevue avec cette mégère. De plus, je n'ai pas d'argent.

Le Texan parut étonné.

— Et l'argent de Ryan ?

— Justement : c'est l'argent de Ryan.

— N'ayez pas de scrupules. Considérez que vous l'avez gagné en travaillant à La Tierra. Vous avez mérité plus que le gîte et le couvert. Et il y a d'autres boutiques. À Alpine, par exemple. Nul ne saura qui vous êtes si je ne vous accompagne pas.

— Et qui va nettoyer les écuries ? demanda-t-elle, guettant sa réaction, pleine d'espoir.

— Nul ne le fera aussi bien que vous.

Il paraissait sérieux. Les yeux rivés sur la route, il reprit :

— Je vous ai dit que vous effectueriez ce travail jusqu'à ce que j'aie besoin de vous ailleurs. Et il se trouve que j'ai besoin de vous dans mon bureau.

— Pour quoi faire ? demanda la jeune femme, sur ses gardes.

Jeth se mit à rire.

— Vous êtes bien soupçonneuse ! Je souhaite profiter de vos compétences de bibliothécaire, et non de vous. Il faudrait réorganiser le rangement de mes livres et documents. Voulez-vous vous en charger au cours des prochaines semaines ?

Sa requête était en vérité un ordre, mais elle préférait cette approche plus diplomatique à sa brutalité coutumière.

— Et le désherbage des champs ?

— Pepe va les mettre au repos pour l'hiver. Il n'a plus besoin de vous. Vos talents seront plus utiles dans mon bureau. Vous commencez mardi. Prenez la journée de demain et profitez-en pour visiter Alpine. Il y a un musée susceptible de vous intéresser, ainsi qu'un restaurant très correct. Faites-moi un chèque de la somme dont vous aurez besoin. Je vous laisserai l'équivalent en espèces sur la table de l'entrée, avec un plan de la ville et mes clés de voiture.

Il a décidément pensé à tout, songea la jeune femme, heureuse de cette occasion de se changer les idées. Elle n'avait quitté le ranch qu'une seule fois, et jamais seule. De plus, le lendemain était une journée idéale pour s'évader : c'était son anniversaire.

Le rassemblement d'automne battait son plein. Jeth Langston était absent du ranch depuis plus de trois semaines. En dressant l'inventaire de la collection de livres précieux, Cara pensait à lui en permanence. Elle avait passé des heures à feuilleter les albums de souvenirs et de photos de la famille Langston, notamment de Jeth… Aussi étrange que cela puisse lui paraître, il avait été un enfant souriant sur les genoux d'une maman aimante.

En découvrant son intimité, sa jeunesse, en lisant les articles qui lui avaient été consacrés, elle ressentit un manque terrible. L'envie de le voir la rongeait. Si seulement il avait laissé les rênes à Jim pendant quelque temps… Elle se serait contentée de simplement voir sa silhouette imposante marcher dans l'allée.

Cara n'avait pas croisé le régisseur depuis leur rendez-vous raté, ce qui ne manquait pas de l'intriguer. Quand elle était rentrée de sa journée de shopping à Alpine, il se trouvait dans les montagnes, avec l'équipe. Pourquoi n'avait-il pas cherché à s'expliquer avant de partir avec le convoi d'octobre ?

Elle jouait du piano au salon quand elle sentit la présence de Jeth. Ses doigts s'immobilisèrent audessus des touches. Avant de se tourner vers lui, elle s'efforça de se ressaisir. Les notes de *Clair de lune* résonnaient encore dans l'air. Coiffé de son Stetson noir d'hiver, il la regarda baisser doucement le couvercle sur le clavier.

— Bonjour, dit-elle simplement.

— Je n'avais pas entendu une telle interprétation de Debussy depuis… très longtemps. Comment allez-vous ?

Elle eut envie de lui répondre qu'elle se sentait seule, mais préféra esquisser un sourire.

— J'ai été très occupée. La bibliothèque est rangée.

— Je vais monter me changer et, ensuite, vous me montrerez tout ça. Nous boirons un verre ensemble.

Sans attendre qu'elle lui réponde, il tourna les talons et s'éloigna. Cara décida de faire un saut au réfectoire pour rendre visite à Léon. Comme Jim, elle ne l'avait pas croisé depuis une éternité, et n'était pas allée le voir en rentrant de sa virée shopping, de peur de le déranger dans ses préparatifs avant le départ du convoi. Après avoir bavardé avec le vieux cuisinier, elle traversa la cour du ranch et se précipita vers le bureau de Jeth.

— Entrez ! lança-t-il lorsqu'elle martela la porte de son poing.

Le regard noir, le souffle court, elle se rua vers lui.

— Vous êtes odieux ! Comment avez-vous osé renvoyer Jim Foster uniquement parce qu'il m'avait invitée à danser ?

Jeth la dévisagea sans un mot, puis il entreprit de lui servir un verre.

— Tenez, dit-il. Un peu de vin vous calmera peut-être.

Son regard erra sur son décolleté, avant de remonter vers son visage.

— Vous êtes bronzée, constata-t-il. Qu'avez-vous donc fait pour prendre autant le soleil ?

Luttant pour ne pas perdre le contrôle d'elle-même, Cara posa son verre sans en avoir bu une gorgée.

— J'ai donné un coup de main à Pepe, répondit-elle. Sans les hommes réquisitionnés par le rassemblement, il avait besoin d'aide. Avec l'été indien, les récoltes se sont prolongées. À présent, monsieur Langston…

— Je ne vous ai pas demandé de travailler là-bas ! coupa-t-il. Vous prenez trop d'initiatives.

— Ne détournez pas la conversation ! Pourquoi avez-vous renvoyé Jim ? Il travaillait pour vous depuis des années et c'était un excellent régisseur. Pas étonnant que vous n'ayez pu quitter le campement, comme vous l'avez fait au printemps…

Elle s'en voulut aussitôt de ses paroles, car Jeth arqua les sourcils.

— Ah, vous avez remarqué ? fit-il en buvant une gorgée de bourbon. Jim cherchait à gagner votre affection. Je ne voudrais pas briser vos illusions sur les sentiments qu'il vous portait mais il aurait tenté de vous séduire même si vous aviez été un laideron. Son objectif était de vous convaincre de ne pas me vendre votre part de La Tierra. Il espérait diriger une moitié de mon ranch.

Cara savait qu'il disait vrai. Elle avait toujours vu clair dans les intentions du régisseur. Ce qui la blessait vraiment, c'était que Jeth l'ait crue si facile à berner par un beau parleur. Voilà donc pourquoi il l'avait occupée, le soir du rendez-vous ! Et pourquoi il l'avait emmenée au champ de tir, le lendemain, sans oublier cette journée de shopping à Alpine. Jeth n'avait jamais été jaloux de Jim ! Il redoutait seulement que son régisseur mette le grappin sur la moitié de son ranch…

Meurtrie, elle eut envie de frapper ce monstre qu'elle aimait envers et contre tout.

— Ce n'était pas la peine de faire semblant de vous intéresser à ma garde-robe pour éviter que je croise Jim après son licenciement, vous savez ! Je ne lui aurais pas confié la part de Ryan, contrairement à ce que vous semblez croire.

Elle sentit les larmes lui monter aux yeux.

— Je n'ai plus envie de vous montrer la bibliothèque, ce soir. Si vous voulez bien m'excuser…

Elle s'éloignait déjà quand Jeth la coupa dans son élan.

— Je vous ai envoyée à Alpine parce que c'était votre anniversaire.

De peur de trahir ses sentiments, elle préféra ne pas se retourner.

— Comment le saviez-vous ?

— Je sais tout de vous, mademoiselle Martin. Le détective, souvenez-vous…

— Naturellement.

Pour lui, elle se résumait à quelques pages dans un dossier…

— Regardez-moi, ordonna Jeth en s'approchant.

Elle obéit.

— C'est pour Jim que vous pleurez ?

Après tout, mieux valait qu'il le pense…

— Je me sens responsable. Sans moi, ce ne serait jamais arrivé.

— Beaucoup de choses ne seraient jamais arrivées sans vous. Croyez-moi, le départ de Jim n'est qu'une conséquence mineure de votre présence.

Cara sécha ses larmes. Elle ne comprenait que trop bien : il ne supportait pas qu'elle soit là. Eh bien, qu'il se rassure, elle ne s'imposerait plus à lui ! Il n'aurait plus à poser les yeux sur elle, du moins dans la mesure du possible. Dès qu'elle serait libérée de sa promesse faite à Ryan, elle disparaîtrait de sa vie et il serait libre de se marier avec Sonya Jeffers.

— Vous m'êtes très antipathique, monsieur Langston, dit-elle amèrement.

— J'en suis conscient. Quel dommage…

Sans un mot de plus, elle tourna les talons et le laissa seul au milieu de la pièce.

À l'approche de l'hiver, il devint difficile d'éviter le maître de La Tierra Conquistada, désormais plus présent à la maison. Désœuvrée et désireuse d'oublier ses problèmes, Cara proposait ses précieux services partout où elle pouvait se rendre utile. Elle prêta main-forte à Homer aux écuries et à Léon au réfectoire, ignorant le patron quand il se présentait par surprise. Lady avait réintégré les petites écuries, auprès du cheval bai de Jeth. L'angoisse étreignait la jeune femme chaque fois que leurs chemins se croisaient.

Cara trouvait les soirées bien longues. Parfois, elle regardait la télévision en compagnie de Fiona, à l'office. Seule dans sa chambre, elle étudiait l'espagnol, qu'elle commençait à maîtriser. Elle écrivait une fois par semaine à Harold St Clair et lisait les romans qu'elle empruntait au bibliobus qui passait au ranch tous les mardis et dont elle guettait l'arrivée avec impatience car elle aimait bavarder avec Honoria Sanchez, la conductrice de la bibliothèque itinérante.

Après Thanksgiving, La Tierra se prépara pour les fêtes de fin d'année.

— Ce sera plus calme, grommela Fiona un matin. Monsieur Ryan n'est plus là et le patron sera à Dallas.

Avec les Jeffers, songea amèrement Cara. Pourquoi pas ? Il les considérait sans doute comme sa famille et sans Ryan… Un soir, après le dîner, elle trouva le courage de se rendre dans son bureau. Face à son air étonné, elle comprit qu'il s'attendait à voir Fiona.

— Tiens ! Mademoiselle Martin ! fit-il en la toisant. Que me vaut le plaisir de votre visite ?

Il se leva lentement de son fauteuil, devant la cheminée.

— Euh… monsieur Langston… bredouilla la jeune femme, j'aimerais vous parler de vos projets, pour Noël. Enfin, de mes projets…

— Asseyez-vous, dit-il en indiquant l'autre fauteuil. Vous avez des projets pour Noël ? Je pensais que vous resteriez ici.

— Justement, c'est ce dont je voudrais vous parler.

Nerveuse, elle s'humecta les lèvres, un geste qui suscita une réaction chez Jeth Langston.

— Fiona m'a raconté que, d'ordinaire… enfin, avec Ryan, vous passiez Noël au ranch et organisiez de nombreuses festivités. Cette année, je crois savoir que vous serez à Dallas, dans la famille de votre… fiancée…

— Ma fiancée ? répéta Jeth, soudain en alerte. Qui vous a parlé de ma fiancée ?

C'était donc vrai, songea Cara, le cœur gros.

— J'ai lu un article dans le *Morning News*, répondit-elle avec une assurance qu'elle était loin de ressentir. Bref, je m'en voudrais de vous chasser de chez vous, vous empêcher d'organiser une réception au ranch. Si je m'absentais quelques semaines, vous pourriez respecter vos traditions…

En voyant Jeth sur le point de l'interrompre, elle leva une main d'un air implorant.

— Je le ferais en souvenir de Ryan. Je ne supporte pas l'idée que son frère soit contraint de quitter le ranch par ma faute.

— Où iriez-vous ? demanda-t-il, impassible.

— J'ai plusieurs endroits en tête. Ne vous inquiétez pas pour ça.

— Mademoiselle Martin… Je sais pertinemment que vous n'avez nulle part où aller. Et même dans le cas contraire, vous n'auriez pas d'argent pour vous payer le voyage. À moins de dépenser celui de Ryan, bien sûr, ce que vous ne ferez pas. J'apprécie votre sollicitude, mais soyez certaine que je ne vous permettrais jamais de me chasser de chez moi. Cette année, je préfère passer les fêtes à Dallas. Ici, il y a trop de souvenirs de… ce qui aurait dû être.

Il se détourna pour contempler les flammes, dans la cheminée. Elle y vit le signe qu'il préférait qu'on le laisse tranquille. Toutefois, sa dernière remarque résonnait encore dans sa tête. *Ce qui aurait dû être…* Parlait-il de leur relation ? Pas d'amour, bien sûr… d'amitié, peut-être. Ils avaient tant d'expériences en commun : ils avaient perdu leurs parents à une période délicate de leur vie, renoncé à la carrière dont ils rêvaient par loyauté envers leur famille, aimé et perdu Ryan. Et pourtant, ils naviguaient en solitaire sur un océan de souffrance qu'ils auraient pu affronter ensemble, au moins pendant un an.

Quand Cara se leva pour partir, Jeth l'imita.

— Très bien, dit-elle en tendant poliment la main. Si je ne vous revois pas avant votre départ, je vous souhaite de bonnes fêtes.

Il prit sa main.

— Quand avez-vous lu cet article sur mes fiançailles ?

— L'été dernier.

— Je vois. Bonnes fêtes à vous aussi, mademoiselle Martin.

Cara retira sa main de la sienne et prit lentement congé.

Chapitre 12

Jeth s'absenta jusqu'à la mi-janvier. Avec Fiona, elle avait décoré un grand sapin dressé à côté du piano. Le matin de Noël, elles se rendirent au réfectoire où un autre sapin scintillait de mille feux. Les ouvriers qui résidaient au ranch étaient réunis pour la traditionnelle ouverture des cadeaux.

Avant le départ de Jeth pour Dallas, Cara avait glissé un cadeau dans la valise qu'elle avait trouvée ouverte sur son lit. Il s'agissait du morceau de chêne que Ryan et elle avaient ramassé lors de leur ultime promenade sur la plage. Elle l'avait fait poncer et incruster de petits morceaux de verre poli qui représentaient la marque de La Tierra Conquistada. Elle ne s'attendait pas à ce que lui ait pensé à elle. Lorsque Léon, déguisé en Père Noël, lui avait tendu un joli paquet et une enveloppe portant son nom, son cœur s'était emballé. L'enveloppe contenait un message : « Je suis sûr que vous porterez ce présent à côté de votre petite mouette, comme symbole d'une autre terre que vous avez conquise. Joyeux Noël. J. » Il s'agissait d'un pendentif en or d'une grande délicatesse figurant un faucon des prairies. Serrant le bijou contre son cœur, Cara avait relu le message à plusieurs reprises.

Elle ne se rendit compte du retour de Jeth qu'à la présence de la Continental grise dans le garage. Elle sortait alors des quartiers du personnel où le nouveau régisseur l'avait appelée au chevet de Léon, cloué au lit par une forte fièvre. Soupçonnant une grippe, elle avait fait demander un médecin. Le cœur battant, elle courut vers la maison. Dieu merci, il était rentré !

Frigorifiée, elle entra par la porte de service, s'attendant à voir Jeth attablé avec la gouvernante devant un café. En trouvant la cuisine déserte, la jeune femme s'inquiéta, car Fiona couvait un rhume depuis la veille.

— Fiona ! lança-t-elle, alarmée par le silence.

— Par ici ! fit une voix familière.

Elle se précipita dans le couloir menant chez la cuisinière, que Jeth était en train de porter vers sa chambre.

— Appelez un médecin ! ordonna-t-il. Elle est brûlante de fièvre.

— Il est en route. Léon est malade, lui aussi.

Une épidémie de grippe sévissait parmi le personnel de La Tierra, aussi impitoyable que le vent glacial qui balayait les plaines et chassait les virevoltants à travers les champs, tels des fantômes déracinés. Cara suggéra de réunir les malades dans la chambre de Ryan pour éviter la propagation du virus. Le personnel de maison étant alité, elle entreprit de veiller sur une dizaine de patients grippés, ainsi que d'aider Toby à préparer les repas pour les autres employés, qui redoublaient d'efforts afin de rentrer le maximum de bêtes, surtout les vaches pleines qui devaient vêler au printemps.

— Éloignez-vous de moi, mon petit, geignit Léon alors qu'elle lui prodiguait des soins. Je vais vous refiler mes microbes !

— Chut, répondit-elle gentiment. Buvez donc un peu de soupe.

Voyant que l'état des cuisiniers ne s'améliorait pas, Cara et Jeth, fous d'inquiétude, en arrivèrent à la même conclusion.

— Ils vont m'en vouloir, mais j'appelle une ambulance qui les conduira à l'hôpital d'Alpine. À leur âge, ils sont trop faibles pour lutter contre le virus et je ne veux prendre aucun risque. Je n'ai plus qu'eux…

À peine ces mots prononcés, Jeth décela dans les yeux de la jeune femme une lueur d'angoisse qui l'incita à poser une main sur sa nuque.

— Allons, ne faites pas cette tête… Ils vont se remettre. Veillez simplement à ne pas tomber malade à votre tour, d'accord ?

Elle acquiesça et Jeth la relâcha aussitôt, puis il enfila des gants et mit son chapeau.

— Je serai sur les terres du Nord, si on me cherche. Appelez l'ambulance, voulez-vous, et n'écoutez pas leurs protestations !

L'épidémie dura trois semaines pendant lesquelles Cara s'affaira à changer les draps, cuisiner, presser des oranges, monter des verres d'eau, sans oublier les repas qu'elle préparait pour le personnel épuisé. Le soir, après un bain parfumé, elle enfilait une robe en laine qui flattait son teint et rejoignait Jeth dans son bureau. Assis face à face, près du feu crépitant, ils buvaient un verre. Sur la cheminée trônait en bonne place le cadeau de Noël que Cara lui avait offert, comme si un peu de Ryan était présent dans la pièce. La jeune femme ne se séparait jamais de son pendentif.

Cara découvrit que Jeth avait beaucoup de conversation et un humour féroce capable de la faire rire aux éclats. Fascinée, elle l'écoutait lui parler du ranch et du Texas en général. Étonnamment, il en savait autant que Ryan sur la musique. Plus tard, ils dînaient dans l'alcôve et partageaient une bouteille de vin. Ensuite, ils débarrassaient la table ensemble.

C'est au cours de la deuxième semaine d'épidémie que Cara se remit à jouer du piano. Un soir, elle observait les éléments déchaînés, lors d'une tempête de neige, en attendant Jeth. Soudain, elle sentit ses mains se poser sur ses épaules.

— Détendez-vous, souffla-t-il d'une voix rauque. Ces jolies épaules portent un fardeau trop lourd, ces derniers temps.

Il entreprit de la masser doucement jusqu'à ce qu'elle se laisse emporter par une délicieuse sensation de bien-être proche de l'euphorie. Il se pencha vers son oreille pour murmurer :

— Après le dîner, vous jouerez du piano. Nous en avons besoin tous les deux.

Ce soir-là, Jeth s'installa confortablement dans son fauteuil et des notes mélancoliques résonnèrent dans la pièce. Ensuite, il accompagna la jeune femme au pied de l'escalier et lui souhaita bonne nuit avant de regagner son bureau. C'était toujours un moment de légère tension qu'ils ne cherchaient jamais à prolonger. Par un accord tacite, ils comprenaient qu'il serait dangereux de gravir les marches ensemble.

Jeth rendit plusieurs fois visite à Fiona et Léon, qui, depuis leurs lits d'hôpital, se remettaient lentement – comme en attestait leur impatience à retourner au ranch. Un jour, Cara l'accompagna. Dans la voiture qui les ramenait au ranch, elle se sentait au bord de l'implosion. Le mois de février touchait maintenant à sa fin et chaque journée la rapprochait de son départ. Le ranch retrouvait peu à peu une activité normale. Les malades étaient de nouveau sur pied et Jeth commençait déjà à préparer le prochain rassemblement.

— Qu'est-ce qui vous rend si triste ? demanda-t-il. Fiona et Léon seront à la maison dans quelques jours.

« À la maison… » À l'entendre, ils partageaient un foyer ! La gorge nouée par l'émotion, elle ravala ses larmes et se détourna pour regarder le paysage qui s'étendait à l'infini. Elle sentit Jeth l'observer à la dérobée.

— Cara ? (Il posa une main sur la sienne.) Qu'est-ce qui ne va pas ? Et ne me répondez pas « rien du tout », ajouta-t-il vivement.

— Un peu de fatigue, sans doute…

— De la nostalgie ?

Dans la pénombre, elle sourit tristement.

— En quelque sorte.

Jeth garda le silence, comme s'il était déçu. Puis il reprit d'un ton plus dur :

— N'imaginez même pas que je vais vous laisser retourner à Boston avant le règlement de la succession. Je tiens à vous garder à l'œil au cas où quelqu'un vous dissuaderait de me céder votre moitié.

Cara se redressa vivement et dégagea sa main.

— Parce que vous m'en croyez toujours capable ? s'insurgea-t-elle.

— Mademoiselle Martin, vous êtes pour moi une énigme. Vous êtes la première femme dont je n'arrive pas à déterminer les motivations. Qu'est-ce qui me garantit que ces dernières semaines n'ont pas été une stratégie destinée à gagner ma confiance ? Si je vous laissais partir sans avoir signé les papiers, sans surveillance, vous pourriez vendre au plus offrant. Vous savez, de nombreux acquéreurs potentiels ont tenté de vous joindre. Je les ai tous interceptés et découragés. Seules les lettres de Harold St Clair vous ont été remises intactes. Nul ne s'emparera de mes terres. Je demeurerai le seul acquéreur.

Saisie d'effroi, Cara n'en croyait pas ses oreilles.

— Vous avez… ouvert mon courrier… intercepté mes appels … De quel droit ?

— J'ai tous les droits et vous le savez très bien ! À La Tierra, c'est moi qui fais la loi.

— J'aurais pu m'échapper le jour où je suis allée à Alpine.

— Au volant de ma voiture ? J'aurais porté plainte pour vol et vous ne seriez pas allée très loin.

— Vous avez prétendu me prêter votre voiture… parce que c'était mon anniversaire…

— C'était vrai. Et j'en avais assez de vous voir habillée n'importe comment. Néanmoins, pour être certain que vous reviendriez, je vous ai fait surveiller toute la journée.

— Autrement dit, je suis prisonnière à La Tierra ?

— Absolument. Depuis le jour de votre arrivée.

Cara eut envie d'ouvrir la portière et de s'enfuir à travers la plaine, ne serait-ce que pour ne plus entendre cette voix suave qui masquait un caractère implacable.

— Je vous déteste, murmura-t-elle telle une enfant boudeuse. Si vous saviez comme je vous déteste…

— Je m'en suis toujours douté, même dans vos moments les plus agréables.

Accablée de chagrin, Cara se détourna et remonta le col de son manteau. Elle qui croyait qu'ils pourraient être amis, au moins, et que son dernier mois au ranch serait aussi agréable que ces trois semaines, qu'elle en garderait des souvenirs chers à son cœur. Jeth Langston n'avait jamais éprouvé la moindre affection pour elle. Il avait simplement mis ses soupçons de côté le temps que l'exploiter en tant qu'infirmière, domestique et cuisinière. Et il parlait de stratégie ! Il avait rusé pour qu'elle l'aide à gérer le ranch. Il l'avait achetée en lui accordant sa compagnie et lui avait même révélé un aspect de lui-même qu'elle ne soupçonnait pas. N'était-ce pas cruel de sa part ?

Elle observa son profil avec dédain. S'il voulait jouer au plus blessant, elle pouvait s'y mettre aussi.

— Vous qui portez volontiers des jugements sur les gens et leurs motivations, comment qualifiez-vous un homme qui cherche à séduire une femme alors qu'il est fiancé à une autre ?

Cara eut la satisfaction de le voir crisper la mâchoire, mais elle n'en fut pas consolée pour autant.

— Je dirais que c'est un imbécile qui, par chance, a compris son erreur avant qu'il ne soit trop tard.

Cara se trouva à court d'arguments. Que rétorquer après de telles révélations ?

Le lendemain matin, de bonne heure, ils se croisèrent dans l'escalier, avant que Jeth ne quitte la maison.

— Ah, mademoiselle Martin… lança-t-il avec sa froideur des débuts, j'ai fait appel à une gouvernante intérimaire. Ne vous inquiétez pas du travail de Fiona. Et j'ai trouvé un remplaçant pour Léon, au réfectoire. Vous êtes donc dispensée de ses tâches.

La jeune femme le dévisagea longuement.

— Autrement dit, vous ne voulez plus de mes services ?

— Je n'en ai plus besoin. Amusez-vous bien. Vous êtes venue pour ça, non ?

Cara en vint à se demander si leurs soirées intimes au coin du feu avaient vraiment existé. Leur souvenir serait bientôt une torture bien plus redoutable que ne l'aurait été une franche hostilité.

— Une dernière chose... Je vais devoir renoncer au plaisir de votre compagnie, lors des soirées à venir. À l'approche du grand rassemblement, j'ai beaucoup de travail.

Sur ces mots, il poursuivit son chemin. Elle mourait d'envie de lui crier : « Qu'est-ce qui vous porte à croire que j'appréciais votre compagnie, de toute façon ? »

Alors qu'elle avait du temps à revendre, le mois de février passa à une vitesse surprenante. Avec le mois de mars arriva une douceur trompeuse sous un ciel bleu parsemé de nuages duveteux. Cara étala du paillis dans son jardin pour éviter que ses lys et ses iris ne souffrent des gelées. Les jonquilles étaient sorties. La jeune femme en porta des brassées au cimetière et dans la maison. Un après-midi, alors qu'elle fleurissait la tombe de Ryan, elle tomba à genoux et fondit en larmes, en proie à un chagrin insurmontable.

— Pourquoi, Ryan ? Pourquoi ? Pourquoi as-tu voulu que je vienne ici ? Pour que je tombe amoureuse de lui ? Tu savais qu'il me détesterait ! Pourquoi m'as-tu fait venir, Ryan ?

En entendant du bruit, elle releva la tête et dressa l'oreille. Elle perçut les sabots d'un cheval au trot. Jeth Langston, sur son cheval bai. Le dos bien droit, les épaules larges, son Stetson enfoncé sur la tête, il se dirigeait vers le ranch. Le vent avait-il porté ses paroles ? Le cavalier avait-il entendu ses pleurs et ses lamentations ? Peut-être avait-il aperçu Lady et préféré ne pas s'arrêter au cimetière... Cara sombra dans le désespoir. Le 20 mars n'arriverait donc jamais ?

Elle commença à planifier son évasion. Elle devrait échapper à Fiona qui, elle n'en doutait plus, était sa geôlière, puis trouver un moyen de quitter le ranch sans éveiller les soupçons. Une idée simple germa dans son esprit. Elle se fit envoyer des horaires de cars et d'avions qu'elle parvint à intercepter avant Fiona et Jeth.

Sachant que le temps était compté, elle observa l'univers de La Tierra avec une attention décuplée, pour graver dans sa mémoire des images qu'elle ne verrait plus.

— Pourquoi vous me regardez comme ça ? bougonna Léon avec affection. Vous en faites une tête ! Une jolie fille comme vous ne devrait pas être triste, en tout cas pas à cause d'un vieux bonhomme comme moi ! Arrêtez de vous inquiéter pour ma santé. Je vais bien !

Elle ne lâcha pas Fiona d'une semelle, jusqu'à ce que la gouvernante, exaspérée, lui ordonne d'aller faire un tour. Le dernier jour, Cara ne put résister à l'envie de jouer une dernière fois du piano. Elle choisit une chanson d'amour mélancolique dont elle chantonna les paroles dans sa tête : tu resteras mon seul amour…

— Bravo, fit Jeth depuis le seuil, quand elle eut terminé. Vous avez joué avec beaucoup d'émotion.

Cara se figea. Ne devait-il pas être en train d'inspecter ses chevaux pour le grand départ ? Elle se tourna vers lui, la mine aussi impassible que possible.

— Merci, dit-elle froidement.

Le cœur battant, elle se précipita vers les écuries pour seller Lady. Harold St Clair l'avait mise en garde : elle ne devait pas s'attacher, ni à une personne, ni à un cheval, ni même à un tatou. Si seulement elle avait suivi son conseil ! Elle avait gardé le fusil que Jeth lui avait remis. Elle le glissa vivement dans un étui de sa selle. Enfin, elle lança sa jument au galop. Elle crut entendre quelqu'un crier son nom, probablement le vent.

Plus tard, en remarquant une nuée de buses, elle fit arrêter Lady. Les charognards volaient en cercle. Une bête était à terre, songea-t-elle. Si elle n'avait jamais eu à achever une bête blessée, elle savait que c'était une règle dans le milieu de l'élevage, afin d'éviter que les charognards au bec acéré ne se mettent à dépecer vivante la malheureuse bête agonisante.

Cara ne mit que quelques minutes à repérer la cible des prédateurs. Un cheval portant la marque de La Tierra sur son flanc gisait au pied d'une ravine, un alezan qui avait sans doute essayé de bondir de l'autre côté, mais avait chuté et s'était brisé les pattes antérieures. À en juger par son souffle court, il était proche de la fin.

La jeune femme mit pied à terre et sortit son fusil avant de descendre la pente rocailleuse. Une idée folle l'assaillit. Elle s'exhorta à ne pas céder à la panique. Des dizaines d'étalons s'ébattaient sur les terres. Cette pauvre bête brisée ne pouvait être Texas Star. Il la regarda s'approcher de ses grands yeux écarquillés, ivres de douleur, comme s'il l'attendait. Cara se sentit défaillir. Elle s'agenouilla pour le caresser.

— Désolée, mon vieux, murmura-t-elle. Je n'ai pas le choix.

Elle n'avait plus qu'à reculer d'un pas, viser et appuyer sur la détente. Il ne servait à rien de repousser l'échéance. Le cheval gémit et tenta se renifler sa main.

— Ne me rends pas la chose plus difficile, murmura-t-elle, pleine de pitié pour lui. Ce sera terminé en une seconde. Tu ne sentiras rien.

Toutefois, elle voulait en avoir le cœur net. En soulevant la crinière, elle découvrit une tache blanche en forme d'étoile. Son cri de détresse troubla les charognards qui s'approchèrent dans un sinistre bruissement d'ailes. Cara se releva péniblement et leur lança une pierre. Puis elle s'écarta du cheval, chargea et arma son fusil. En entendant le cliquetis familier, Texas Star dressa les oreilles. Elle épaula et, avant que ses larmes ne brouillent sa vision, elle lui tira une balle entre les yeux.

La détonation résonna dans la prairie, chassant les rapaces affolés. Le recul meurtrit l'épaule et la joue de la jeune femme, qui ne ressentit pourtant pas la moindre douleur. Les paroles de Bill lui revinrent en mémoire. Pour Jeth, tant que Texas Star se promenait sur le domaine, une partie de Ryan était encore là…

Sous le choc, Cara sentit à peine qu'on lui prenait l'arme des mains. Une silhouette vêtue de noir apparut dans son champ de vision. Elle entendit vaguement le son de sa propre voix :

— J'ai abattu Texas Star, monsieur Langston. J'ai tué le cheval de Ryan…

— Tout va bien, *querida.* Vous avez fait ce qu'il fallait. Vous avez toujours fait ce qu'il fallait.

Tel un automate, elle se laissa entraîner hors de la ravine et s'assit à terre près de Dancer qui attendait son maître. Plus tard, elle ne sentit même pas qu'on l'installait sur la selle du cheval bai, ni que Jeth s'installait dans son dos avant de l'enlacer. Elle sentit une odeur âcre de mesquite brûlé, puis ce fut le trou noir et elle perdit connaissance.

À son réveil, elle crut d'abord qu'elle avait dormi dans la cabine d'un bateau en pleine tempête.

Immobile, elle cligna les yeux et, peu à peu, elle y vit plus clair. Elle était dans son lit, à La Tierra. Le clair de lune filtrait par la fenêtre dont les volets étaient ouverts. Un feu de bois crépitait dans la cheminée, dessinant des ombres étranges sur les murs. Dehors, le vent soufflait, inlassablement. L'espace d'un instant béni, l'esprit de Cara demeura libre de toute pensée. Puis, comme après un choc, le souvenir de cet après-midi funeste ressurgit.

— Non !

Elle se débattit pour se libérer de la couverture qui l'enveloppait. Il fallait qu'elle se lève, qu'elle affronte la déferlante pour ne pas se noyer. Aussitôt, une imposante silhouette se leva d'un fauteuil et se précipita à son chevet.

— Doucement, Cara, doucement... Les premières minutes seront les plus difficiles.

Totalement perdue, elle se dit qu'elle préférait mourir que d'être privée de cet homme qu'elle aimait. Elle se rendit compte que c'était sa dernière nuit à La Tierra. Ensuite, elle ne reverrait plus Jeth… Cara voulut prononcer son nom. La gorge nouée, elle se rallongea, le dos tourné à Jeth, et se mit à sangloter. Quand elle n'eut plus de larmes, elle serra dans son poing son mouchoir.

— Elles venaient de loin, ces larmes, commenta Jeth quand elle se retourna, étonnée de le trouver encore dans la chambre.

Elle devait avoir les yeux rouges et le nez enflé. En se redressant, elle constata qu'il était 21 heures.

— C'est très aimable à vous de vous être occupé de moi, mais je vais mieux. Vous êtes en pleine période de rassemblement. Je m'en voudrais de vous accaparer.

Il avait déplacé un fauteuil près du lit et posé ses pieds sur le matelas, en toute décontraction.

— Donc Ryan vous a parlé de Texas Star ?

Cara acquiesça.

— Il était amoureux de vous. Vous ne l'aviez donc pas compris ?

Elle leva la tête et, soudain, la vérité lui apparut. Elle posa sur lui un regard triste. Oui, Ryan l'avait aimée avec la passion qu'elle-même éprouvait pour Jeth. Comme elle avait été naïve de ne pas l'avoir compris ! Mais alors pourquoi l'avait-il envoyée à La Tierra, se faire malmener par son frère ?

— Vous avez faim ? demanda-t-il soudain. J'ai dit à Fiona de vous garder quelque chose au chaud. Je peux vous monter un plateau.

— Non, je ne pourrais rien avaler. Je préférerais prendre un bain.

— Allez-y. Je vous retrouve dans une demi-heure avec de quoi vous aider à dormir. Ma mère préparait ce breuvage pour Ryan et moi quand nous passions une mauvaise nuit.

Cara le regarda s'éloigner. Au moment où il allait sortir, elle déclara :

— Vous en avez vécu pas mal, n'est-ce pas ? De mauvaises nuits…

Il s'arrêta, la main sur la poignée de la porte.

— Pas plus que vous, mon petit, déclara-t-il d'un ton étrangement affectueux. À dans une demi-heure.

À son retour, Cara était assise au coin du feu, emmitouflée dans une longue robe de chambre.

Elle avait drapé ses épaules d'un châle en flanelle rose et enfilé des pantoufles. Les flammes de la cheminée créaient des reflets dans ses cheveux dorés et rehaussaient son regard indigo.

— On dirait une enfant, déclara Jeth en lui tendant une tasse contenant un breuvage sombre. Il ne vous manque plus qu'un nounours pour compléter ce tableau d'innocence.

— Nous savons que les apparences sont parfois trompeuses, n'est-ce pas ? rétorqua la jeune femme d'un ton cynique.

— Absolument, confirma-t-il d'un air énigmatique, avant de détourner la conversation : on attend une gelée avant demain matin. Votre jardin tiendra le coup ?

— Oui. Je l'ai anticipée en répandant du paillis. Le temps est comme les gens : il passe du chaud au froid du jour au lendemain. Vous direz à Fiona…

Elle s'interrompit et se mordit la lèvre, car elle avait failli déclarer : vous direz à Fiona d'enlever le paillis dès les premières chaleurs pour que les iris puissent profiter du soleil.

— Que dois-je dire à Fiona, Cara ?

— Rien. Je ne sais plus… Je me sens un peu étourdie. Cette boisson contient de l'alcool, non ?

— Du cognac. Buvez vite. C'est bien meilleur qu'un somnifère.

Il avait apporté un verre de bourbon pour lui-même. Le silence s'installa. Cara pensa au lendemain et à la réaction de Jeth quand ses avocats l'appelleraient pour l'informer que la part de Ryan de La Tierra lui appartenait officiellement. Elle n'avait jamais eu l'intention de la vendre. La veille, elle avait reçu une lettre de Harold St Clair lui assurant que les documents seraient entre les mains des avocats de Jeth dès le lendemain, premier jour du printemps.

— C'est bon, déclara la jeune femme. Votre mère devait être une femme merveilleuse.

— Je n'en ai rencontré qu'une seule qui soit digne d'elle.

— Celle que vous allez épouser, bien sûr.

— Oui, la femme que je vais épouser. C'est l'être le plus courageux que je connaisse. Je l'admire et je l'aime de tout mon cœur.

— Elle a de la chance, dit Cara en posant sa tasse vide. Bon, reprit-elle en se levant. Je vais vous souhaiter une bonne nuit, monsieur L...

La pièce se mit à tourner. Il se précipita vers elle. Ce fut la dernière image qu'elle vit avant de sombrer dans un sommeil délicieux dans un endroit plein de douceur et de chaleur. Des profondeurs de son rêve, elle sentit la bouche de Jeth murmurer contre ses lèvres. Elle crut sentir des larmes sur sa joue, mais il ne pouvait s'agir que des siennes...

Chapitre 13

Le lendemain matin, à son réveil, Cara chassa de son esprit les événements de la veille, bien trop présents à son goût, pour se concentrer sur la journée à venir. Le seul moment flou demeurait celui où elle s'était sentie défaillir, après que Jeth avait évoqué sa fiancée. Elle s'était évanouie et il avait dû la porter dans son lit. Sans doute serait-il soulagé de constater qu'elle était partie...

Lorsqu'elle entra dans la cuisine, Fiona la dévisagea sans faire le moindre commentaire sur Texas Star. Cependant, elle lui prépara son omelette préférée pour lui témoigner sa solidarité.

— Le bibliobus passe dans une heure, déclara Cara. Auriez-vous un sac pour mes livres ? Ensuite, je monterai Lady. Hier, elle n'a pas eu son compte.

Fiona alla lui chercher ce dont elle avait besoin.

— Vous devriez vous reposer, aujourd'hui, señorita. Vous êtes pâle.

Cara la remercia et monta dans sa chambre glisser les quelques effets qu'elle emportait à Boston dans le sac de Fiona. Elle laisserait les vêtements que Ryan lui avait achetés, y compris le manteau fourré, mais garderait le pendentif de Jeth, dont elle n'avait pas le cœur de se séparer. D'un tiroir de son secrétaire, elle sortit les trois mouchoirs blancs qu'elle ne lui avait jamais rendus. Munie des livres de bibliothèque destinés au bibliobus à bord duquel elle allait s'échapper, elle porta les mouchoirs dans la chambre de Jeth. Sans s'attarder, elle les posa sur son bureau et sortit précipitamment.

Laissant son sac en papier sur la table de l'entrée, elle gagna les écuries pour voir Lady. La jument faisait partie de son plan d'évasion. Elle avait l'intention de la libérer dans la nature, sans selle. S'il se lançait à sa recherche et constatait que Lady n'était pas dans son box, il se dirait qu'elle était partie se promener. Il ne commencerait à avoir des soupçons qu'à la nuit tombée. Cara serait déjà de retour à Boston, après avoir pris un car à Alpine pour gagner l'aéroport.

En se dirigeant vers les écuries, elle remarqua la présence de plusieurs employés autour de l'enclos des chevaux. Nul ne la vit cacher la selle de Lady ni relâcher la jument dans un pâturage. Le cœur gros, elle traversait la cour pour attendre le bibliobus, qui n'allait pas tarder, quand Homer Pritchard l'interpella :

— Venez voir ce que le patron a attrapé hier ! C'est un sacré spectacle !

Cara en eut le souffle coupé. Dans l'enclos, le dernier rebelle de La Tierra Conquistada piaffait et ruait.

— Diable ! s'écria-t-elle avec une familiarité qui intrigua les hommes.

Tous les regards se portèrent sur elle. En entendant sa voix, le cheval s'immobilisa pour regarder dans sa direction, les oreilles dressées.

— Vous vous connaissez tous les deux ? s'enquit Homer, étonné.

— Et comment ! répondit-elle en se tournant vers les hommes réunis autour de l'enclos. Vous ne pouvez pas laisser tranquille cette pauvre bête ? Descendez de cette barrière et cessez de l'observer !

— Cara, qu'est-ce que vous faites ?

Reconnaissant une voix familière, elle fit volte-face et plongea dans le regard furibond du maître de La Tierra.

— Et vous, que comptez-vous faire de ce cheval ? demanda-t-elle.

— Pourquoi cette question ? En quoi cela vous regarde, mon petit ?

— Arrêtez de m'appeler ainsi ! Je ne suis pas une enfant ! Et ce cheval me regarde. Alors ? Que comptez-vous faire de lui ? Le débourrer ? Dans quel but ? Vous possédez des centaines de chevaux, vous n'avez pas besoin de celui-là !

Jeth l'observa avec attention.

— Qu'a-t-il donc de spécial, à vos yeux, Cara ? Pourquoi vous souciez-vous de son sort ?

— Écoutez-moi bien. Quand ce cheval sentira une selle sur son dos, un mors sur sa langue, il ne sera plus le même. Vous allez le marquer au fer rouge, mais... c'est son cœur que vous allez marquer. Même si vous le libérez à l'issue du rassemblement, il ne sera plus jamais libre. Si vous ne pouvez pas l'aimer, ne l'apprivoisez pas. N'est-ce pas le conseil que vous avez donné à Ryan ? Et vous ne pourriez jamais aimer ce cheval. Il vous a trop tourmenté.

Jeth esquissa un sourire.

— Selon vous, je suis incapable d'aimer… ce qui m'a tourmenté ?

Cara secoua la tête.

— Bon, fit-il d'une voix douce en écartant une mèche de cheveux du visage de la jeune femme. Nous en reparlerons ce soir. Retournez à la maison, maintenant.

— Ce soir, il sera trop tard.

— Non. Je vous le promets.

Un employé émergea du bureau du ranch.

— Patron, vous avez un appel de Dallas ! C'est urgent.

— On en reparle ce soir, conclut Jeth à l'adresse de Cara.

Le cœur gros, elle le regarda s'éloigner en direction du bâtiment. Dès que les hommes commencèrent à se disperser, elle s'approcha de l'enclos et, doucement, souleva le loquet de la barrière. Au bout de quelques secondes, Diable comprit son invitation, baissa les oreilles, leva la queue et fila. Crinière au vent, il échappa aisément aux quelques lassos des cow-boys dépassés par les événements.

Cara eut le temps de voir le visage livide de Homer avant de traverser la cour en courant. Elle rejoignit Fiona dans la cuisine.

— J'entends arriver le bibliobus, señorita ! dit-elle sans se rendre compte de l'agitation qui régnait au-dehors.

L'évasion se révéla plus facile que prévu. Elle avait simplement demandé à Honoria de la conduire à Alpine. Ravie d'avoir de la compagnie, la bibliothécaire avait accepté. En début de soirée, Cara atterrit à l'aéroport de Boston, où elle fut accueillie par Harold St Clair.

— Mon Dieu ! s'exclama-t-il en la voyant débarquer.

Elle était méconnaissable avec son jean et sa veste en denim, sans oublier ses cheveux courts.

— Bonjour, Harold ! répondit-elle avec un sourire. Merci d'être venu me chercher, et pour le reste, aussi. Mon appartement est prêt ?

— Oui. Les locataires sont partis la semaine dernière. Vous n'avez pas d'autres bagages ?

— Hélas non. J'ai tout laissé à La Tierra.

— Nous étions inquiets pour vous.

— Qui ça, nous ?

— Eh bien, moi-même, et Jeth Langston, sans parler du personnel du ranch. Quand ils ont découvert votre absence, M. Langston est allé voir dans votre chambre. Vos affaires étant encore là, il a cru qu'il vous était arrivé quelque chose. Il semble qu'il ait retourné toute la maison et passé les terres au peigne fin. Puis un détail lui a fait comprendre que vous aviez pris la poudre d'escampette.

Les mouchoirs ! songea la jeune femme.

— Renseignements pris, il a découvert que vous aviez réservé un billet pour l'aéroport. Entre-temps, ses avocats m'ont appelé pour savoir si je savais où vous étiez. Je leur ai répondu que je venais vous chercher en fin d'après-midi.

— Avaient-ils déjà parlé à M. Langston ? Savait-il qu'il avait récupéré la totalité de La Tierra ?

— Oh oui, il le savait ! Ils l'en ont informé ce matin.

Cara se rappela l'appel téléphonique qui avait interrompu sa dernière conversation avec Jeth. Elle s'en voulut d'avoir inquiété Fiona et Léon pour rien.

— Harold, pourriez-vous l'appeler à La Tierra, ce soir, pour leur dire que je suis là ? Je me suis fait des amis et je ne voudrais pas les alarmer.

— Volontiers, mais Jeth Langston est introuvable. Ses avocats n'arrivent pas à le localiser et sa gouvernante n'est au courant de rien.

— Il a disparu ? Juste avant le départ du convoi de printemps ? Sans doute est-il allé voir sa fiancée à Dallas.

Pour lui annoncer la bonne nouvelle, songea-t-elle amèrement, car ils allaient pouvoir lancer les préparatifs du mariage. Harold ne put masquer son désarroi.

— Cara… Je dois vous dire quelque chose…

— Quoi ?

— Il y a quelques jours, comme j'en avais l'instruction, j'ai envoyé à Jeth Langston une lettre recommandée que Ryan avait rédigée juste après avoir modifié son testament. Elle devait lui parvenir le 20 mars.

— Elle est arrivée ?

— Je n'en sais rien. Les avocats de Langston qui m'ont répondu que, d'après la gouvernante, il était à la maison quand le courrier est arrivé. Elle ignorait si cette lettre figurait dans la pile, mais il est parti peu après. Et il n'est pas à Dallas. Ses avocats ont vérifié. Je leur ai parlé juste avant de venir vous chercher. Ils pensent qu'il a pu venir ici.

— À Boston ? Pour quoi faire ? Il ne s'y est jamais venu du vivant de Ryan. La lettre a dû le bouleverser et il a sans doute préféré s'isoler quelque part.

Une fois dans l'appartement de la jeune femme, Harold l'invita à dîner avec lui le soir même, en insistant pour qu'elle accepte au moins un hamburger. Cara ne pouvait se défiler. Il décréta qu'il reviendrait la chercher quelques heures plus tard. En attendant, il promit de retourner au bureau pour appeler La Tierra.

— Merci pour tout, Harold. Et surtout pour m'avoir avancé l'argent dont j'avais besoin. Je vous rembourserai jusqu'au dernier sou.

— Vous ne me devez rien, pas plus qu'au cabinet. Ryan avait anticipé les frais qui pourraient se présenter au cours de cette année. Il n'y en a pas eu beaucoup, soit dit en passant. Je dois avouer que je suis heureux de votre retour, ajouta-t-il avec un sourire. J'ai compté les jours. À plus tard !

Une fois seule, Cara sortit son fer à friser de son sac, bien décidée à faire quelque chose de ses cheveux en bataille. Il était loin, le temps où ses boucles dorées cascadaient sur ses épaules et où elle resplendissait dans sa robe de soirée bleue avec ses hauts talons…

Dans son bain, elle s'interrogea sur la lettre de Ryan, qui expliquait sans doute son projet à son frère. Quant à elle, elle ne comprendrait jamais pourquoi son ami l'avait envoyée là-bas. Pas pour les caser, car il devait savoir que Jeth avait une fiancée qui attendait dans les coulisses et qu'il ne supporterait pas la présence d'une femme qu'il considérait comme une traînée. Le mystère demeurerait entier.

Lorsque Harold frappa à sa porte, elle était prête, maquillée et coiffée. Peu lui importait sa tenue, après tout, puisqu'elle allait bientôt retrouver sa vieille garde-robe. En allant ouvrir, elle ne fit même pas l'effort de sourire, tant elle avait le cœur gros en songeant à son avenir sans amour.

— Bonsoir, Cara, déclara Jeth Langston, la mine grave, sur le pas de la porte.

Il lui avait apporté son manteau de pluie fourré de zibeline. Pendant quelques secondes, elle crut avoir une hallucination. Puis il franchit le seuil, sans quitter son visage de ses yeux gris. Soudain, il emplit le modeste studio de sa prestance. Sous le choc, elle recula.

— Qu'est-ce que vous faites ici ? demanda-t-elle. Vous ne venez pas me reprocher d'avoir libéré Diable ?

— En partie, oui, répondit-il en refermant la porte d'un coup de pied.

— Vous êtes immonde ! Vous ne renoncez jamais à quelque chose que vous avez décidé de posséder !

— Estimez-vous heureuse que j'aie bientôt une autre occasion de capturer cet étalon.

Elle s'en voulait d'avoir peur de lui, mais c'était plus fort qu'elle. Pourtant, elle était sur son territoire, cette fois ! Comment osait-il se présenter chez elle pour l'intimider ?

— En revanche, il n'y aura pas d'autre Cara Martin…

— Qu'entendez-vous par là ?

Et pourquoi avait-il apporté son manteau ? En observant son visage, elle se rendit compte qu'il n'était pas aussi furieux qu'elle l'avait d'abord cru. Jeth posa le manteau sur un fauteuil.

— Vous en aurez besoin, dit-il en repoussant son Stetson en arrière.

Alors qu'elle attendait des explications, il se contenta de l'enlacer et de la serrer contre lui avant de l'embrasser.

— Vous ne m'avez pas expliqué ce que vous faisiez là ! protesta-t-elle au terme de ce baiser langoureux.

Elle n'avait pu s'empêcher de lui rendre ce baiser. Naturellement, il s'y attendait et affichait un sourire satisfait.

— Si vous espérez me culbuter, n'y pensez même pas ! J'attends Harold St Clair d'une minute à l'autre.

— Il ne viendra pas. Je viens de discuter avec lui. Par chance, il était encore au bureau. J'ai réussi à le convaincre que nous n'aurions pas besoin de sa compagnie, ce soir. C'est un gentil garçon. Je crains de l'avoir mal jugé. Comme je me suis mépris sur vous.

— C'est pour cela que vous avez parcouru ce chemin, rétorqua Cara, qui commençait à comprendre. Pour me dire que vous m'avez mal jugée.

Et pour prendre un peu de bon temps au passage, songea-t-elle avec mépris face à son expression dépourvue de remords.

— Harold vous a semble-t-il envoyé une lettre que Ryan a rédigée après avoir modifié son testament. Je suppose qu'elle explique tout…

— Vous parlez de celle-ci ? demanda Jeth d'un air innocent, en sortant une enveloppe de sa poche.

Il l'enserrait toujours d'un bras, mais elle put examiner le document. Sur l'enveloppe encore cachetée, elle reconnut l'écriture de Ryan.

— Vous ne l'avez pas lue ! s'exclama-t-elle, intriguée.

— Je sais ce qu'elle contient. Nous la lirons ensemble. J'ai dans l'idée qu'elle nous est adressée à tous les deux.

— Qu'est-ce que vous racontez ?

Il l'entraîna vers le canapé, devant la cheminée.

— Faisons du feu, dit-il en posant du bois dans l'âtre.

Dès que les flammes crépitèrent, il ôta sa veste et son chapeau et rejoignit la jeune femme sur le canapé. Un bras sur le dossier, derrière Cara, il la dévisagea longuement.

— Vous n'avez toujours pas compris, n'est-ce pas ? Vous ignorez toujours pourquoi Ryan vous a envoyée à La Tierra ?

— Comment savez-vous que c'est lui qui m'a envoyée là-bas ? Vous n'avez pas lu la lettre.

— Je me trompe ?

Elle hésita, puis hocha la tête. Une année s'était écoulée. Elle avait tenu sa promesse. Il n'y avait aucune raison de cacher la vérité à Jeth. Il prit sa main dans la sienne.

— Il vous a fait promettre de vivre au ranch pendant un an après sa mort, à partir du premier jour du printemps. Vous ne savez pas pourquoi ?

— Eh bien, je me disais qu'il voulait… nous rapprocher. C'est insensé. Il savait que vous ne pourriez pas vous attacher à une femme que vous considériez comme une… une prostituée, d'autant plus que vous êtes fiancé et…

— Cara, coupa-t-il en l'embrassant sur la tempe. Il nous connaissait très bien. Il vous envoyait dans la gueule du loup, mais avait la certitude que nous en sortirions indemnes.

— Parlez pour vous, maugréa-t-elle.

— Vous n'êtes pas indemne ? railla-t-il d'un ton sardonique.

Jetant sa fierté aux orties, Cara se tourna vers Jeth pour le regarder droit dans les yeux :

— Non ! Parce que je me suis attachée à vous. Dieu seul sait pourquoi ! Vous êtes l'homme le plus autoritaire, le plus arrogant, le plus tyrannique que j'aie jamais rencontré ! Cela dit, vous avez raison, Ryan nous connaissait mieux que nous-mêmes. Les sentiments se sont installés, l'affection a fait place à l'amour… Car je suis amoureuse, je l'avoue, ce qui constitue une punition suffisante, après les problèmes que je vous ai posés. Ne croyez pas que c'est pour cette raison que je vous ai rendu vos terres. J'en avais l'intention dès le départ. Ces terres ne m'appartenaient pas. Ryan n'aurait pas dû me les léguer. Je ne comprends pas son geste.

— C'était le seul moyen pour lui de nous aider à tomber amoureux l'un de l'autre. Sans ce testament, nos chemins ne se seraient jamais croisés.

Cara en demeura sans voix. Une lueur d'espoir apparut soudain.

— Mais cela ne signifie pas que… que vous… m'aimez, n'est-ce pas ?

— Bien sûr que si ! Je vous l'ai avoué hier soir, après vous avoir apporté votre tisane.

— Vous parliez de votre fiancée !

— Je parlais de toi, *querida*, même si tu ne l'as pas compris. La femme que je vais épouser.

— Et Sonya Jeffers ? demanda-t-elle, ivre d'espoir.

— Je ne suis plus fiancé à Sonya Jeffers depuis que je t'ai laissée au fond de ton lit, malade, pour aller rompre nos fiançailles à Dallas. À l'époque, je n'avais pas encore compris la situation. Je refusais d'épouser une autre femme, compte tenu des sentiments que tu m'inspirais.

— Jeth…

Elle enroula les bras autour de son cou, les yeux embués de larmes.

— C'est ce que tu voulais dire, ce soir-là, dans la voiture, en rentrant de l'hôpital. Je t'ai demandé ce que tu pensais d'un homme qui cherche à séduire une femme alors qu'il est fiancé à une autre, et que tu m'as dit…

— Je m'en souviens, coupa-t-il avec un sourire désabusé. Et naturellement, tu as compris le contraire.

— Tu venais de m'informer que j'étais prisonnière à La Tierra !

— C'était une tentative désespérée pour te garder chez moi ! Boston te manquait. Je redoutais que tu ne partes avant que j'aie pu réparer le mal que je t'avais fait. J'étais déjà fou de toi et il fallait que je te retienne au ranch pour me racheter. J'aurais dû savoir qu'il était inutile de te malmener.

— Ce n'était pas Boston qui me manquait. J'appréhendais de quitter La Tierra où je me sentais chez moi. Mais tu es devenu si distant, ensuite, Jeth, que j'ai cru… que tu n'avais été gentil avec moi que parce que tu avais besoin de mon aide, pendant l'épidémie de grippe. Je me suis sentie rejetée.

— Oh, mon amour...

Il l'attira contre lui comme s'il avait peur de la voir se volatiliser.

— Ce n'était qu'une façon de me protéger. Tu as déclaré que tu me détestais, et j'y ai cru. Après tout ce que je t'avais infligé, comment aurais-tu pu seulement m'apprécier ? Quant à m'aimer... Puis j'ai commencé à déceler des signes, à m'en remémorer d'autres, qui m'ont persuadé du contraire.

— Le jour où tu m'as entendue hurler, au cimetière, par exemple. Je savais bien que tu m'avais entendue, murmura-t-elle contre son torse.

— Il y avait un message dans tes lamentations, Cara. Tu n'as cessé de me transmettre des messages, au fil de cette année. Encore fallait-il que je veuille les décrypter... comme ce calendrier abandonné au bout de quelques mois. Au départ, les jours étaient barrés d'un gros trait noir, puis tes gribouillis ont traduit ta colère, ton impatience que cette année se termine. Peu à peu, tu as semblé te résigner, puis tu as cessé de rayer les jours qui passaient. Enfin, tu as jeté le calendrier à la corbeille. Toutefois, la meilleure preuve fut le morceau que tu as joué au piano. Je venais d'attraper Diable. Et ce matin, tu l'as libéré après ton petit discours. Tu m'en voulais tellement de l'avoir fait prisonnier ! Alors, j'ai compris que tu étais à moi. Tu t'identifiais à ce cheval. Tu voulais qu'il soit libre, qu'il ne porte pas ma marque, parce que toi, tu ne serais plus jamais libre. Je comptais te raconter ça ce soir, en te demandant en mariage...

— Tu en as toujours l'intention ? coupa-t-elle, abasourdie.

— Essaie un peu de m'en empêcher ! Et ne t'avise pas de refuser !

— Tu m'as embrassée, hier soir, pendant que je dormais, n'est-ce pas ?

Et tu as pleuré, songea-t-elle, même si cela lui semblait inimaginable.

— Oui, et je suis impatient de recommencer…

Il la serra plus fort contre lui.

— Cara, je t'ai aimée dès le moment où j'ai posé les yeux sur toi, dans le bureau de mon avocat. Tu incarnais la femme de mes rêves, celle que j'ai cherchée toute ma vie, celle que je voulais épouser. J'ai cru à une hallucination. Après t'avoir enlacée, embrassée, touchée, j'étais fiévreux, ivre de douleur à l'idée que Ryan ait pu te posséder avant moi.

— Ce n'est pas le cas ! protesta-t-elle.

— Je le sais, désormais, chérie. J'ai simplement mis plus longtemps que prévu à le comprendre. Même le soir où nous sommes rentrés de l'hôpital, je n'arrivais toujours pas à croire que tu n'aies pas été la maîtresse de Ryan. À l'époque, cela n'avait plus d'importance, d'ailleurs. Je savais simplement que je t'aimais et qu'il n'y aurait pas d'autre femme dans ma vie.

— Quand as-tu enfin cru que je te disais la vérité ?

— J'ai honte de l'avouer, chérie, mais c'était hier, quand tu as joué du piano. Soudain, j'ai compris que tu exprimais tes propres sentiments. J'y ai vu plus clair. Depuis le départ, deux détails ne collaient pas : Ryan n'aurait jamais légué sa moitié de La Tierra à sa maîtresse. Et je ne voyais pas comment il avait pu résister à tes charmes. En réfléchissant du point de vue du frère et non plus de l'homme, j'ai compris ce qu'il avait manigancé.

— C'est-à-dire ?

— Peu de temps après avoir appris qu'il était condamné, il t'a rencontrée.

— C'était à la bibliothèque, il y a un peu plus de deux ans.

— Il a reconnu en toi la femme que j'avais toujours cherchée et dont j'aurais besoin, surtout après sa mort. Il a décidé que tu serais son ultime cadeau.

— Bien sûr… murmura Cara en songeant à ses conversations avec Ryan, lorsqu'il lui parlait de Jeth.

— Alors il a consacré le peu de temps dont il disposait à élaborer une mise en scène. Il t'a offert de beaux vêtements pour te rendre encore plus attrayante à mes yeux. Il a concocté un testament qui nous obligeait à cohabiter pendant un an en dépit des obstacles qui se dressaient entre nous, et il t'a soutiré cette promesse.

— Il m'avait prévenu qu'il me faudrait du courage, avoua Cara.

— Et tu en as eu à revendre ! Quand je pense à ce que je t'ai fait endurer… Comme tu as dû en baver ! Mais cela m'a au moins permis d'assembler certaines pièces du puzzle. Je me demandais pourquoi tu tolérais ma goujaterie uniquement pour profiter du gîte et du couvert. Tu aurais pu te contenter de jouer les propriétaires. Or tu n'as pas une seule fois demandé à voir les terres, les puits de pétrole, la fortune dont tu avais hérité. Et pourquoi Ryan t'aurait-il laissé sa part si tu n'avais pas été sa maîtresse ? À l'issue du rassemblement du bétail, j'en étais arrivé à croire que Ryan et toi aviez conclu un pacte. J'ai accepté l'idée que vous n'aviez jamais été amants. Tu semblais si innocente et j'étais déjà amoureux. Et il y a eu cet incident, dans le jardin…

— Il le fallait, coupa la jeune femme. Il fallait que je te dégoûte de moi. Sinon, tu m'aurais fait l'amour alors que tu allais te marier. J'ai cru que tu voulais me forcer à signer les papiers afin de pouvoir épouser Sonya. Or je voulais tenir ma promesse à Ryan.

Jeth poussa un long soupir.

— On peut dire qu'il y a eu des malentendus entre nous. À Noël, lorsque tu m'as déclaré avoir lu ce journal durant l'été, j'ai consulté les archives pour retrouver ce maudit article. Il a paru le jour où tu as prétendu avoir couché avec Ryan. Alors j'ai pensé que tu n'avais peut-être pas agi de la sorte uniquement par fierté. Mais je t'avais tellement malmenée… Je pensais ne plus avoir la moindre chance de conquérir ton cœur.

Cara lui caressa la joue.

— Sonya est l'une des victimes auxquelles tu faisais allusion en affirmant que le licenciement de Jim n'était qu'une conséquence mineure ?

— Hélas, oui. C'est une femme bien. J'ai toujours su qu'elle avait des sentiments pour moi et qu'elle rêvait de devenir la maîtresse de La Tierra. À la mort de Ryan, je me sentais si… seul. Elle était là, digne de confiance. Si tu n'étais pas arrivée, je l'aurais épousée. Ryan savait que je chercherais la consolation dans ses bras.

— À présent, tu comprends pourquoi Ryan ne t'a pas parlé de sa maladie, pourquoi il n'est pas rentré passer ses derniers jours avec toi.

— Oui, mon amour. Si j'avais été au courant du testament, je l'aurais contesté. Et je ne t'aurais pas rencontrée, puis aimée. Ryan était certain de ton intégrité. Il savait que je récupérerais sa moitié d'une façon ou d'une autre.

Soudain, sa voix se brisa d'émotion.

— Cara, il est tombé amoureux de toi, lui aussi. Imagine à quel point il a dû souffrir en sachant que tu ne serais jamais à lui…

— Lisons cette lettre, suggéra la jeune femme, les yeux embués de larmes.

Elle prit l'enveloppe dans la poche de Jeth, ainsi qu'un mouchoir en lin blanc brodé.

— J'en ai apporté une réserve, déclara-t-il en souriant. J'espère que tu n'auras pas souvent l'occasion de t'en servir.

Tandis qu'il lisait, Cara ressentit la présence bienveillante de Ryan. Touchée par l'émotion palpable de Jeth, elle fondit en larmes et prit sa main. Fidèle à sa nature enjouée et taquine, Ryan leur expliquait comment il avait organisé son plan visant à les rapprocher.

« Sonya est une fille bien, écrivait Ryan, mais tu n'aurais pu t'épanouir avec elle. La femme à tes côtés est la seule qui te corresponde. »

La lettre se terminait sur l'espoir qu'une ribambelle de petits Langston apporterait de la joie dans le mausolée qu'était la grande maison.

— C'était un sacré bonhomme, mon frère.

— On peut le dire. Notre premier fils portera son nom.

— Cara… je t'aime de tout mon cœur. Ne pleurons plus et tournons la page. Ryan repose en paix.

Sur ces mots, il se pencha pour embrasser la femme de ses rêves.

Achevé d'imprimer en décembre 2019
par Novoprint.

Dépôt légal : janvier 2020

Imprimé en Espagne